实力派

晓秋主编

中短篇小说集

漂泊记

姜贻斌◎著

中国言实出版社

图书在版编目(CIP)数据

漂泊记 / 姜贻斌著. -- 北京：中国言实出版社，
2022.12
　（实力派 / 晓秋主编）
　ISBN 978-7-5171-4212-6

Ⅰ.①漂… Ⅱ.①姜… Ⅲ.①中篇小说—小说集—中
国—当代②短篇小说—小说集—中国—当代 Ⅳ.①I247.7

中国版本图书馆CIP数据核字（2022）第225489号

漂泊记

责任编辑：张国旗
责任校对：邱　耿

出版发行：中国言实出版社
　　　　　地　　址：北京市朝阳区北苑路180号加利大厦5号楼105室
　　　　　邮　　编：100101
　　　　　编辑部：北京市海淀区花园路6号院B座6层
　　　　　邮　　编：100088
　　　　　电　　话：010-64924853（总编室）　010-64924716（发行部）
　　　　　网　　址：www.zgyscbs.cn　　电子邮箱：zgyscbs@263.net

经　　销：新华书店
印　　刷：徐州绪权印刷有限公司
版　　次：2023年1月第1版　　2023年1月第1次印刷
规　　格：880毫米×1230毫米　　1/32　　7.25印张
字　　数：150千字

定　　价：68.00元
书　　号：ISBN 978-7-5171-4212-6

目 录
CONTENTS

防空洞里的琴声

1

我跟王健康的关系是断断续续的，说不上好，也说不上不好。

上世纪八十年代初，我们便认识了。认识的缘故，是由于我们都学画画。

我们在一个地区，他在顺庆城，我在一个小煤矿，相距几百里。地区每年办创作班时，我们才能从四面八方来相聚几天，其他时间不怎么来往。当时王健康在我们这班后生中，是画得最好的。他很有灵气，悟性也高，他的构图和功力，让我们极其羡慕，老师往往拿他的作品做示范。王健康这个人不傲气，十分平和，总是谦虚地说，哎呀，我的画不行嘞，还隔了许多功夫嘞。

教我们画画的老师姓刘，是个错划的"右派"。其来历赫赫有名，中央美院毕业。刘老师曾经无数次感叹地说，我的画笔虽然废了二十一年，教你们还是绰绰有余的。还说只要你们发狠，我相信你们一定会冲出来的。

我们当然想冲出来——尤其是我。

在这伙画画的后生中，只有我是干苦力出身的，煤矿工人的艰辛和危险，一般人是无法想象的。在井下除了危险不说，只要你跟在我屁股后面，在大大小小高高矮矮凹凸不平的巷道走一趟，你就晓得其中的滋味了。所以我极力想通过画画来改变自己的命运，况且我历来就有这个爱好。我的工友们都说，哪怕我们调到食堂，或者打扫茅厕都很乐意。而我的想法，可能要稍高一点，理想的去处，是调到矿子弟学校教美术，或调到矿工会写标语画墙头画。当然最理想的是，能调到县文化馆，一是能脱离枯燥单调的煤矿生活，二是能静下心来画画。看起来我的要求也并不太高，却也能看出我内心的急迫。

王健康没有我这种急迫的心情，当时他是市机械厂的电工，工作轻松、悠闲，其条件比我不晓得强了多少。至少不要上三班倒，至少没有什么危险吧。

再说刘老师在市文化馆，王健康若登门求教，也就是几步路而已。哪像我身处偏远的小山沟，出山一次都很不容易。再说我是个挖煤的，要上三班倒，每天累得要死，另外还要画画，身体是吃不消的。

所以王健康的画技进步很快，像坐火箭一般飙到我们前面去了。

后来在市里举办的一次美展中，王健康一举夺得一等奖，这是毫无争议的作品。他画的是幅油画，叫《山村炊烟》，其构思之新颖，画技之老练，给人以极其温暖的感觉。刘老师非常高兴，竟然请王健康喝酒，我们几个人当然是陪衬。那个时候，王健康喝酒很一般，只要喝两口，脸膛便迅速地绯红起来，像猴子屁股。我们还笑他，说谁若把王健康这张喝酒的脸画出来，一定会成为名作的。对于我们频频敬酒，王健康十分腼腆，连连说，哎呀，我实在喝不得嘞。被我们逼得实在没有办法了，他才微微地抿上一口。

至于我这个矿工，喝酒是非常厉害的，一杯一杯往喉咙里灌。其实我内心里有嫉妒，妒忌王健康冲到了我前面。所以我这般喝酒，也是一种发泄。所以刘老师都有点不高兴了，不断地瞄我。本来他是给王健康庆贺的，结果呢，好像我是个获奖者。

喝到最后，刘老师语重心长地说，你们都要向健康学习，要刻苦画画，不要三心二意。

我们都点头说，刘老师，您放心。

王健康不太说话，总是听我们说笑。一直到快要结束了，他才轻言细语地说，刘老师，我要争取到省里拿个奖。

刘老师听罢，哈哈大笑，酒杯一顿，说，健康不错，有志向，你先冲省里，以后还要向全国美展冲刺。

总之，刘老师对我们的鼓励很大。当然我们心里是很明白的，王健康才是佼佼者。虽然我们表面上都佩服他，却也少不了嫉妒的心理。

我没有任何办法，除了上班流汗吃苦，业余时间只有发狠画画，这耽误了不少瞌睡，耽误瞌睡，又怕在井下出事故，所以心里是极其矛盾的。那个时候，通讯又不发达，人们联系的方式就是写信。所以我经常给刘老师写信讨教。刘老师这个人真是太好了，几乎每信必复，而且非常有耐心，我是很感谢他的。后来尤其是听到王健康调到市文化馆（这肯定是由于刘老师退休，才力荐王健康的），这件事情对我的刺激相当之大，我如果也能像他那样专门画画，那该是多么理想。

时隔五年，王健康的油画作品竟然在省美展夺得了金奖。这个消息轰动了整个画界。媒体大力报道，这让我们更是羡慕不已，当然也十分失落。

那幅作品叫《撕裂》，构思怪异，几朵玫瑰花四分五裂掉落在地。偌多的花瓣，或卷曲，或干枯，或沾着泥土，或沾有一滴微小的水珠。整个画面呈现出浓厚的忧伤和痛苦。观众只要仔细欣赏，便会感到一种深深的刺痛和战栗，给人们心灵的冲击十分震撼。

我不明白王健康为什么画出了这样一幅画，这跟他以前作品的风格截然不同。他以前的作品整个基调是平和的，温馨的。或是乡村的一条黑狗，或是面含微笑的乖态的苗家妹子，或是沉静的瑶族大嫂，或是小桥流水，或是青翠起伏的丘陵。当然我也不得不承认，这幅《撕裂》给人的感觉更富有冲击力，更富有内涵和充满想象。

也可以这么说，这是他一次重大的超越与突破。

这次省展我当然也去了，这是一次很好的学习机会。遗憾的是并没有自己的作品参展，这让我感到十分沮丧。我只能像个普通观众，在那些作品面前慢慢游动，羡慕和嫉妒不时地涌上心来，心里非常之难受。我想，如果展厅里也有我的作品，我就不会是这般低落的情绪了。我强装笑容，跟王健康握了握手，说了些祝贺之类的话。我却明显地感觉到，王健康并不怎么激动或高兴，甚至还十分冷静，简直像训练有素的特务。他对我淡淡地笑了笑，含糊其词地说了几句话，便忙于应付去了。我感到奇怪的是，他的作品能在省里拿头奖，这是多么地不容易。他需要过五关斩六将，包括那些著名的老画家，都被他杀得个七零八落。

按说他应该要高兴呀，他怎么一点兴奋都没有呢？

其实作为一个青年画家，这等于跨上了一个很高的台阶。

刘老师也来祝贺了，几年过去他已是垂垂老矣，银发无力地卧伏在硕大的脑壳上，似乎透露出过往生活的艰难和痛苦。他跟王健康的神态不一样，竟然非常激动，站在王健康的作品前面不走，甚至还主动耐心地向每个前来欣赏的观众讲解，似乎比自己获奖还要高兴。

我走上前去向他问好，刘老师拍拍我的肩膀，说，张玉喜，你还要努把劲嘞。

我尴尬地点了点头。

也就是在这次美展上，我听到了一个不妙的消息——王健康跟他婆娘离婚了。还说这幅油画就是他离婚后画出来的。哦，我似乎明白了，难怪在《撕裂》里面，包含了那么多痛苦和无奈。对于他离婚的消息，我感到极其惊讶。我曾经看到过他婆娘，那是个乖态女人，说话细声细气，身材苗条，眼里水汪汪的，是电机厂的工人。当时我非常羡慕这两口子，他们是双职工。那么接下来的问题是，不知他们为什么要离婚，不知有什么跨不过的坎，以至于要分道扬镳。另外，也不知刘老师是否劝过他们。王健康有那么好的条件，又有个乖态贤惠的婆娘，如果专心画画，那该是多么地惬意和愉悦。

你们有所不知，我这个矿工虽说长得还不错——人们都叫我阿尔巴尼亚（当时风行过阿尔巴尼亚的电影），意思是说，我长得像那个国家的人——而且还爱好画画，却也找不到合适的对象。大概是没有妹子可找吧，其实也是有的。要么你就找乡下妹子，要么你就找矿山年轻的寡妇。而这两类人，我又是多么不情愿。至少我也要找个有工作的未婚妹子吧。你想想，我当矿工之前是个知青，插队三年，然后招到了煤矿。如若再找乡下妹子，我不是又被打到乡下去了吗？当然矿里那些年轻的寡妇，根本就不在我的法眼之内。现在你们看看，在我还没有找到满意的对象时，王健康居然就离婚了。

2

后来我才断断续续听到一些关于王健康的事情。

听说他调到文化馆后，竟然不再画画了（这是怎么也让人想不通的，难道说条件好了，人的斗志就涣散了吗？）。他除了做些分内的辅导工作，居然一头钻进了麻将馆里。他好像以前痴迷画画那样，现在却痴迷麻将了。若一天不打，双手便发痒。当时工资只有那么多，没有更多的钱打麻将。

有一天，王健康婆娘伍晓芳在家里寻找一对金耳环——这是王健康结婚时送给她的礼物——她连屋旯旮儿都找过了，竟然也没有寻到。伍晓芳急了，担心王健康责怪自己不爱惜这个礼物，所以在心里斗争了好几天，才小心翼翼地问王健康。

王健康听罢，并没有责备她，淡淡地说，我也不晓得，耳环是戴在你耳朵上的呀。

伍晓芳生怕王健康发脾气，在那个年代，金耳环还是很让人羡慕的。伍晓芳的眉毛皱了起来，焦急地解释说，大前天上班走得急，我忘记戴了，现在四处都找了，也没有看到。

王健康仍是平淡地说，哦，那肯定是贼牯子偷走了。这个口气，似乎金耳环并不是什么贵重东西。

伍晓芳疑惑地说，我们屋里没有进贼牯子吧？

王健康淡然地望着她，说，你怎么晓得没有进贼牯子？我们这栋楼房不是经常有人丢东西吗？

后来王健康家里又莫名其妙地丢了几次东西。

据说第二次丢的东西，是伍晓芳一块崭新的手表，那还是结婚时她父母送的，上海表。在当时这也算是贵重的礼物，价格为一百二十块钱。

接连丢了两件比较贵重的东西，伍晓芳终于伤心地哭起来，哭得眼睛像两粒山泡。她原以为王健康会劝劝她的。比如说，面包还会有的，牛奶也还会有的之类，那么自己心里也会好受一点。谁知王健康竟然像无事一般，回来便往床上一倒，呼呼睡大觉，好像接连丢失的东西，不属于自己家里的财产。有时候看到伍晓芳哭得厉害，他担心邻居有意见，或邻居以为是两口子吵架，王健康最多只说一句，哎呀，不要哭啰，真是的。

其实伍晓芳明显地感觉到，王健康结婚后沉默多了，不像以前还喜欢讲点笑话。你就是不讲笑话也不要紧，而他现在连话都懒得说了。两人结婚已有一年，伍晓芳的肚子还没有巴驮（怀孕），所以她心里十分焦急，生怕王健康怪罪于她。其实王健康从来不提婆娘巴不巴驮的问题，或是说两人去医院检查。他好像要做中国最早的丁克家庭。若是这样，倒也佩服他。

伍晓芳的手表丢失不久，大约两个月后，王家第三次丢失东西的怪事又降临了。这次竟然是伍晓芳的一双新皮鞋。她舍不得穿，一直装在纸盒里的。按伍晓芳的想法，等到生了崽女再穿吧，平时只是拿出来欣赏欣赏而已。这双皮鞋不同寻常，是她在台湾的伯伯送给她的。这一次伍晓芳伤心得大哭起来，骂贼牯子是短命鬼，还骂这里的风水不好，甚至大闹着要搬家。王健康竟然也不生气，说，你说搬到哪里去？搬到看守所去吗？一句话便把婆娘的嘴巴封住了。是的，不知能搬到哪里去。

伍晓芳接连三次丢失东西，而且都是在家里丢失的，这真是令人感到太奇怪了。她每次伤心地跟王健康议论此事时，王健康还是不痛不痒地劝道，哭没有用的，人生还是要记住李白的一句诗，千金散尽还复来。

伍晓芳气恼地说，千金？我们没有千金呀，这么一点可怜的东西，经不起这样丢失呀。

等到王健康出去了，伍晓芳继续哭。伍晓芳很有意思，王健康不在的时候，她甚至哭得还厉害些，痛苦地在床上滚来滚去，像在锅子里翻炒的秋丝瓜，反正王健康又不在家，她想翻炒多久就翻炒多久。她虽然哭得很厉害，又收得很迅速，突然就不哭了。好像吃了一粒止哭药，忽然翻身起来，怔怔地坐在床上，眼睛看着挂在墙壁上的结婚照，仔细端详着微笑的王健康。

她似乎想起了什么，对，一定是想起了什么异常的情况。

是呀，王健康现在夜晚经常不归屋，不知他到底在做什么，大概是在馆里画画吧，却很久没有听他说过画画了。其实他出不出作品，伍晓芳倒不是十分担心，明白画画需要构思，需要沉淀，更需要灵感，并不是天天都能画的。

伍晓芳天生胆小，王健康若不回家，她晚上便睡不着觉，像个标准的神经官能症患者，耳边听着闹钟嘀嗒的走动声，像刀子在一刀一刀割她的皮肉，这让她痛苦不堪。第二天又要上班，搞得她焦头烂额，下眼皮都是乌青的。别人还笑话她。伍晓芳真是有苦难言。她曾经多次问王健康去了哪里，王健康平静地说，到县里搞辅导去了。伍晓芳说，那也要打个招呼呀。王健康淡然一笑，说，就到附近县里，不要打什么招呼，你不是怕我丢掉吧。

直到这个晚上，联想起家里接二连三地丢失东西，伍晓芳这才警惕起来。

这个贼牯子不会经常来我家揩油吧，我家里又没有什么钱，他不值得冒这个风险。当然丢失的三件东西价格不菲，也算是一笔小小的财产，而家里并没有任何翻动的迹象。这个贼牯子不是千里眼吧，能清楚地看到她家里摆放的东西，所以进屋便极其准确地把东西拿走了。

有时候，伍晓芳也怀疑过王健康。

俗话说，家贼难防。似乎这个怀疑的理由又不太成立，他没有必要拿这些东西。这都是我的东西，他不是拿去卖吧，那是不可能的。哦，大概是他外面有女人了，所以就把这些东西送给她了吧。对，难怪他经常夜不归屋，大约是睡在某个女人家里了吧。当然伍晓芳还是不敢总是怀疑王健康，因为从他那张平静的脸上，实在看不出异样的表情。

那么肯定就是贼牯子偷走的。她却猜测不出，这个贼牯子到底是何方人士。

有一次，伍晓芳路过文化馆，走进去问人家，王健康是否经常到县里搞辅导。馆里的人回答说，县里的辅导还是要搞的，却很少去了，更多的情况是，让几个县的人集中到市馆来培训。伍晓芳心里一惊，这才多了个心眼，然后悄悄地跟踪王健康。

王健康每次去搓麻将，都是很警惕的，他总是前盼后顾，好像明白伍晓芳会跟踪他似的，同时也担心抓赌的人跟踪自己。伍晓芳当然不会让他发现，似乎具有破案的侦查能力。她看到王健康先是在大街上悠闲地走着，忽然悄悄地走进一条小巷子。巷子七拐八弯，好几次差点就看不到王健康了。后来终于看到王健康在别人家门口站住，伸出手指头轻轻地敲门，然后像幽灵似的溜了进去。紧接着，伍晓芳把耳朵贴在门板上，听到里面传来哗啦哗啦微弱的麻将声。

伍晓芳终于明白，男人原来死在麻将桌上了，难怪夜里经常不归家。同时也可以肯定，他把家里的东西拿去抵债了。一定是这样的，不然就没有理由解释。顿时伍晓芳的怒气从全身冒了出来，却暂时没有惊动屋里的人。她明白自己如果吵闹，里面的人是绝对不会开门的，若自己进不去，那就功亏一篑了。她像张纸似的紧紧地贴着墙壁，很有耐心地等待着开门。一直等了个多小时，终于有人出来了，伍晓芳则像特警般冲进去，双手用力一掀，把桌子哗啦掀翻，然后吼着嗓子，痛哭流涕地细数着王健康的种种劣迹。皮鞋啦，手表啦，以及金耳环啦，这都是她最有力的证据。伍晓芳简直不顾一切，尽情地发泄着满肚子的怨恨。她边哭边骂，你这个害人不看日子的家伙，我真的没有想到，这个贼牯子，原来就是你呀。

当时谁也劝不住，不如让她痛痛快快地发泄。

王健康坐着纹丝不动，更没有躲避的举动，竟是一副秘密败露便听从发落的样子。他一不生气，二不反驳，似乎还有某种终于被婆娘发现了的轻松。他默默地抽烟，眼睛望着地上残兵败将的麻将，似乎还在细心研究，怎样才能把它们码成一副绝牌。伍晓芳骂呀，哭呀，一直哭骂到声音彻底嘶哑，然后端起摆在男人身边的茶杯，一饮而尽，再把一张秀脸愤怒地伸到男人的鼻尖上，决绝而果断地说出两个字，离——婚。

两人竟然便这样离掉了。

其实如果伍晓芳没有当众指责王健康，生生地丢了他的丑，王健康可能还不会痛苦地答应离婚，离婚毕竟不是件好事。再说，伍晓芳还是很不错的，自从结婚以来，从不干涉他的行动，甚至也没有问过他外出的理由，所以至今才明白他在偷偷地赌博。可以这么说吧，在市文化馆，王健康是第一个离婚的，创造了新的纪录。其实伍晓芳的脾气是很好的，从来也没有跟他吵过架，跟邻居也没有红过脸。而伍晓芳这次大吵大闹，王健康便觉得自己很没有了面子，心里也明白，他娘的，这次婚姻到此为止。他若不答应离婚，伍晓芳的吵闹肯定就会无止无休，那么自己这辈子就很不好过日子了。

房子是市文化馆分给王健康的，他们没有另外的房子，这的确是个大难题。王健康不吱声，倒看婆娘怎么处理。伍晓芳倒是硬气，提着皮箱净身出户，似乎只要离开王健康，她就没有任何怨言。

听说伍晓芳临走前，在屋门口默默地站了很久，似乎心里还有些不舍。然后抬起脑壳，对王健康狠狠地说了一句话，姓王的，算是我瞎了眼睛。

离婚的第二天，麻将桌上突然不见了王健康的身影。麻友们觉得很奇怪，按说你离了婚，没有人干涉了，你应该更要大张旗鼓地在麻将桌上昼夜鏖战，再也用不着偷偷摸摸的了，再也用不着说假话了。

事实的确如此，王健康居然不见了。

不知这个家伙藏到哪里去了。

竟然无人知晓。

三个月后，王健康终于露面了。

他娘的，头发胡子一大把，简直像个棕树蔸蔸，毛蓬蓬的，浑身散发出一股臭味，衣服上油彩斑驳，简直像个叫花子，或者像个疯子。他之所以这副邋遢的样子出来倒垃圾（家里已经垃圾成堆），其实也是想给邻居们一个预告，我王健康还活着，请各位不必担心。他要把家里卫生全部搞好，才来搞自己的卫生。

听说，有邻居很久也没有看到王健康了，还以为他在家里生病或死了，所以曾经多次敲过他的屋门，王健康也不答应。当然又以为他到乡下画画去了，也就不是十分在意。

那天王健康在家里洗了澡，所花费的时间足有两个小时，肥皂用了一大坨，然后换上衣服来到理发店。理发店的光脑壳师傅一看，头顶上居然发出一片惊呆的光芒，说，你的头发胡子这么多，这么长，这么密，那是要加钱的嘞。王健康大手一挥，说，加吧。

晚上王健康终于又出现在麻将桌上了，麻友们非常高兴，热烈欢迎他的归来。问他这么久到哪里去了，怎么没有一个信儿，还以为你去阎王老子那里报到了。王健康听罢，淡淡地笑了笑，没有说话，熟练地摆放着麻将，似乎是不屑于回答。这弄得麻友们一惊一乍，觉得他自从离婚后，变得有些神秘起来。

其实王健康这三个月并没有消沉，他沉浸在画画的境界里。其作品在省展一举夺冠，真是轰动一时。人们这才恍然明白，哎呀，原来是躲在屋里画画哦。这个家伙面壁三月，能画出这样好的作品，实属难得。

王健康似乎要用这幅心血之作来向人们证明，自己并不是吃冤枉饭的，似乎要向伍晓芳证明，自己毕竟还是个有本事的人，或者说，似乎以此想来挽回已经破裂的婚姻。

后来的事实足以证明，似乎也不是。

王健康虽然获了大奖，还是像以前那样沉默，还是像以前那样低调，并没有获奖的兴奋和激动。听说连那个宝贵的奖证，也是随意丢在家中的某个角落，像块废弃的材料。若是换了别人，早已显赫地摆在最显眼的地方，供人欣赏和羡慕了。再说，他并没有低声下气地去向伍晓芳求饶，企图重建这个家庭。

当然无论如何，王健康的获奖，给身处沉闷的小城的人们，毕竟带来了一股巨大而惊喜的春风。可以这么说吧，这是全地区多年来第一次在省展获取的大奖。人们都在纷纷预料，别看王健康不声不响，整天沉溺在麻将桌上，其实他只要发狠创作，肯定还会有更大的收获，他的作品往后一定会在国展中一展雄风，崭露头角。

应该说，人们的预料不无道理。

按说王健康也会一鼓作气，画出更加令人惊喜的作品来。

3

这个时候的我，已经调到煤矿子弟学校教美术了。

对此我是很满意的。

毕竟不需要在五百米深处挖煤了，更没有了安全之虞。众所周知，在煤矿井下工作，若不是身体有病，或四肢残缺，要想调到地面来，无异于上青天。我张玉喜却终于调到地面来了。当然我少不了给矿里的头头脑脑送礼，以表达感谢之情。

说实话，这是我平生第一次给人送礼，开始心里还是很犹豫的，总觉得这是很丢丑的事情，有辱自己的人格和尊严。

再说，我是凭本事调上来的，没有必要给人送礼。工友们却一再劝我，你还是要感谢人家吧，没有他们，你是很难调上来的。其实我并没有把礼物当面送给他们，而是送到他们的家人手里，我红着脸，把礼物往他们手里一塞，便匆匆地走掉了。我害怕看到别人的嘲笑和讽刺。所以我估计对方连是谁送的礼物，可能都不晓得，而对于我来说，实在是磨不开面子。

当上教书匠，显然就不是矿工所能相比的了，这时也有人给我做媒了。妹子叫谷明玉，矿灯房的工人。对此我十分满意，两个人都有工作，在当时是求之不得的。谷明玉比我小三岁，身材苗条，大眼睛，比较符合我的审美标准。两人恋爱后，她便痛快地答应给我当模特儿，我先后画过她三张裸体画，那应该是我画得最好的作品，当然我是绝对不会拿出来参展的。

现在看起来，谷明玉是个旺夫的女人，她很是助我，下面所说的事情，便能充分证明。

我除了上课，便是拼命画画。说实话，我还是不甘心一辈子待在煤矿，要想跳出这个小山沟，唯有努力地画出惊人之作。况且在那个年代，只要有点本事的人，都纷纷调到比较理想的单位了。谷明玉很疼我，给我倒茶端饭菜洗衣服，生活上的一切琐事，都不需要我操半点心。她说，玉喜，你只要发狠画画，我心甘情愿给你当服务员。

不久，我的一幅作品在市展中获得了二等奖。这是我的第一个重要收获，当然我是不会知足的。其实能获得二等奖，我也是事先疏通评委的。本来我不想这么做，我还是愿意让作品说话，是谷明玉催我去的。她说，你不去疏通，他们凭什么要把奖给你？他们可以给别人呀，何况竞争是这么激烈。

婆娘真是个好婆娘，她无须我操半点心，就把礼物办妥了，还满有信心地说，你只要把刘老师攻下来，你就能看到胜利的曙光。她像个运筹帷幄的将军，指挥我十分技巧地向画坛高地冲锋。那次我趁着星期天，去了刘老师家里。刘老师是权威，他的话一言九鼎，是能左右局势的。

那天很不凑巧，先是火车晚点，后来再转汽车，汽车又抛锚，我急得不得了，担心到顺庆已经天黑了。而且我感觉这个兆头很不好，心里想打退堂鼓，而婆娘的眼睛又一直在死死地盯着我，我就不敢退缩了。加上天气炎热，很可能是我出生以来最热的天气，太阳好像停在空中不愿意走了。我的衣服全部被汗水浸湿，简直像个从河里爬出来的水鬼。我气喘吁吁，一点也不敢耽误，我要抓紧时间去刘老师家里。

来到刘老师家里时，已是下午五点多钟了。刘老师看到我满头大汗地走进来，手里还提着礼物，他感到极其惊讶，也很生气，坚决不愿意收下礼物，并且狠狠地把我说了一顿，张玉喜，你这样做，会败坏风气的嘞。

我厚着脸皮，苦苦地求他收下礼物。

我诚恳地说，刘老师，您如果不收下，我是不会走的。这点东西真的拿不出手。再说，没有您多年的指教，我就没有这个进步。学生感谢老师也是应该的。还有，我在那个小山沟的煤矿离您这么远，想来请教都很不方便。还有，那个煤矿除了我，连个爱好画画的人都没有，我是孤军奋战嘞，我孤独得很嘞。

我说，我这次如果能获奖，肯定会对我的处境有很大的改观。

我一口气说了很多，说得泪花闪闪。

因为我始终记得，临走时谷明玉对我说过的话。她说，你的前途在此一举。

刘老师被我左磨右缠，加上他心肠很软，终于被我说服了，并且严肃地说，那下不为例。

其实我送给刘老师的礼物，若现在看来，的确是很可笑的，我买了两块钱一条的岳麓山香烟，共十条，计二十块。还有谷明玉从她父母家带来的两斤左右的腊肉，再加上家长送给我的一包新茶。那时候我们的工资都很低，才三十多块钱一个月，若要送份重礼，是没有这个能力的。

好不容易说服了刘老师，我才一头大汗地从刘家走出来。

这时太阳快要落山了。我望着夕阳，喃喃地对着远在煤矿的谷明玉说，婆娘，刘老师终于松口了。

刘老师或许是理解我吧，听说后来在评委会上力挽狂澜，最终让我获得了二等奖。消息传来，我激动得要命，谷明玉更是高兴，买来酒菜，陪着我喝了一晚上的酒，最后两个人都喝得大醉。总之，获奖的消息，兴奋地充满着我那间小小的屋子，我居然恍惚地看到，金光闪闪的奖牌挂满了屋子。

喝着喝着，谷明玉居然像个八字先生，先在我脸上打了个啵，又一脸红晕地说，我告诉你吧张玉喜，你的命运将会发生根本性转变。

我兴奋地说，还能有什么转变？

她故意卖关子，举起酒杯跟我一碰，说，你就走着看吧。

谷明玉像高举着一盏闪闪发光的矿灯，雪亮地照耀着我人生的道路。

我的这幅作品叫《矿灯》，画的是谷明玉发放矿灯的姿势，她给在黑暗井下劳动的矿工，送去明亮的灯光。画作在市里获奖后，我开始引起了县里的重视（当然我更希望能调到市里去），他们准备把我调到县文化馆，专门从事画画。这对于我来说，真是件大好事，我已经感觉到了，自己在人生的道路上，开始了三级跳。虽然教书也很不错，如果我能专心画画，那是最理想不过的了。再说县里的条件和环境，这个煤灰漫天的煤矿，是不能跟它相比的。这时却出现了一点麻烦和波折，矿里竟然不愿意放我走。还说，我们好不容易把你从井下调上来教书，当时很多人就有意见，现在你又要调到县里去，人家的意见会更大。

这个说法我是能理解的，而矿里又不可能让我专门画画。这样一来，矿里和县里都在暗暗地争夺我，我居然成了一块令人馋涎欲滴的肥肉。

说实在话，此时的我十分苦恼，县里能给我这样好的位置，矿里却生生地卡住我。

这时又是谷明玉悄悄地给我准备了两份礼物。她那双精明的眼睛，无时无刻不在捕捉观察我的情绪，然后替我想出绝妙的对策来，以应对这个复杂的局面。她父母家在十多里外的乡下，那里水利方便，比一般村子的收成要好得多。她从父母家提来米酒十斤，三斤重的公鸡两只，叫我送给矿里和县里的关键人物。说实话，我非常感激谷明玉，她总是在我的事业处在转折之时，毫不犹豫地帮我解围。

这样我才如愿以偿地调到了县文化馆。

既然谷明玉已经教会我怎样拉关系了，所以我的脸皮也渐渐地厚起来。我已经深深地体会到，礼物是润滑油，它能让难办的事情，忽然变得容易起来，具有势如破竹、柳暗花明之功效，简直是屡试不爽。

县城离煤矿并不太远，四十多里。每到星期天，或是我回煤矿，或是谷明玉来县城。而我明白夫妻分居两地，总不是个路子。所以我以画作为诱饵，暗暗地打通了关系，终于把她调到了县城电机厂。这件事情我一直是瞒着她的，希望给她一个大惊喜，这也是对我的这个师父的回报吧。所以快到办手续了，谷明玉才晓得这件事情。她惊喜地说，哎呀玉喜，看来你这个徒弟超过了我这个师父嘞。我双手作揖，笑着说，哪里，哪里，比起师父你来，我还差得很远嘞。

我们夫妻就这样脱离了单调而枯燥的煤矿。

4

有一次，我到顺庆去找曾老师。自从刘老师去世后，曾老师坐上了权威的宝座。

这次地区要送作品去省展，我担心自己的作品送不上去，便决定去找他，请他多多关照。我画画虽已多年，还没有作品被选送省展，这不能不说是我的一块心病，能参加省展，是我们这些基层画家求之不得的美事，不然永无出头之日。刘老师在世时，我也曾经求过他，希望能选送我的作品。刘老师说，在这个地区，我说话还是算数的，也可以选送你的，问题在于，如果我挑选的作品不够水平，不知省里的评委该怎样看我。我并不是为难你玉喜，只要你发狠画，够水平了，我一定会选送你的。

我的运气很不好，还没有等到刘老师选送我的作品，他就不幸去世了。

所以我只能来求曾老师。

现在我已经无须再让谷明玉提醒我了，我明白自己该怎么去做。其实我也明白，地区的一些画家也在暗暗活动了，谁都想自己的作品能进入省展。

那天我提着一壶茶油（大约五斤）、两瓶白酒，找到曾老师家。我来找曾老师，是需要极大勇气的。因为曾老师以前跟刘老师是死对头，两个人老死不相往来。刘老师的水平高些，属于学院派；曾老师是草台班，所以刘老师是看不起他的。当然曾老师也处处贬低刘老师，而且曾老师很不喜欢我们这些刘老师的弟子，平时若是碰到我们，看也不看我们一眼——我们不是他那个圈子的人。即使是曾老师的那些弟子，跟我们之间也是相互不齿（理睬）的。

按说，我也不应该去找他的，若要开这个口，实在很难，很可能会遭到曾老师的拒绝，甚至呵斥，最终讨个没趣。问题是若不去找他，我的作品肯定会扼杀在摇篮中，其命运完全掌握在他手里。所以我已经充分做好了心理上的准备，无论曾老师骂也罢，指责也罢，我都要默默地承受下来。

那天去的时候还比较顺利。县里有个便车，直接把我送到曾老师居住的那条街上。天气极其寒冷，北风呼呼地刮着，人都有些走不稳当了。

我提着东西，怯着胆子走进陌生的曾家。

一进去，便闻到了一股淡淡的煤烟味。幸亏曾老师没有作画（若在作画，可能就见不到他了，听说他很不喜欢有人在他画画时前来打扰），他独自坐在火炉边，戴着老花镜，脑壳上坐着一顶咖啡色绒帽。我把礼物放在门边墙脚下，厚起脸皮，道歉地说，曾老师，我以前没有尊重您，真是该死，这一定要请曾老师原谅，千万千万不要跟我一般见识。今天我来拜访您，就是特意来赔礼道歉的。我们都晓得您老是宰相肚子，能撑大船的。

曾老师对我要齿不齿，板起冷峻的脸色，眼皮往下耷拉，也不看我一眼，似乎是一副看透世事的神情。而且也没有叫我坐下来。这时他像个无言而威严的判官，逼迫我做出应有的忏悔或认错，以弥补长期以来我对他的不敬。

我尴尬地站立着，双手不晓得怎么放才好。屋里虽然温度高些，我却感到十分寒冷，浑身禁不住发抖。当时我是硬挺着的，一副死猪不怕开水烫的架势，要骂要杀，随他去罢。当然我希望他的态度能慢慢地缓和下来，以消除这种尴尬的气氛。我明白现在自己只有低声下气，以求得他的谅解和宽恕，一笔勾销以前的沟沟壑壑。这样我才能攻克这个顽固的堡垒。如果这个堡垒攻不下来，我的作品想要选送省展，几乎是不可能的——他掌握着作品的生死大权。

我一边小心地说着话，眼睛一边瞟着放在墙脚下的礼物，以期引起他的高度注意。他却似乎没有看到，也好像这点可怜的礼物，还不足以成为我们握手言欢的重要纽带。甚至连礼物们好像也在嘲笑我，哼，张玉喜，你这个老套路，这回失灵了吧？

我几乎没有了信心，那种极其尴尬令人窒息的气氛，已经让我恐惧而胆怯。我真的不晓得怎样才能破除这个难堪的局面。我想，如果谷明玉站在我身边，她一定会通过眼神教给我绝招的。

当时我差一点就要向他跪下来。

正在这时，曾老师的孙子哭哭啼啼从里屋走出来，伸出双手要曾老师抱抱。曾老师没有齿他，似乎讨厌孙子打破了这种僵局，也好像他喜欢这种僵局——这可以让我更加无地自容吧。也好像是有意让我久久地尴尬，以此让我深深地忏悔过去对他的不敬。

他的孙子却哭得更尖厉了，摇手顿足，好像爷爷不齿他，他便要继续哭喊。

我忽然觉得，这个细把戏（小孩子）出现得正是时候，至少是帮我解了围。

我连忙伸出双手，说，来，叔叔抱抱。

细把戏居然也不愿意，继续着他的哭闹。

我急中生智，忽然一下子趴在地上，说，来，叔叔让你骑大马。

细把戏很有味道，突然停止哭泣，好像把哭声一下子关在喉咙里面。他小心地爬到我背上，我便像一匹断了腿的老马，在地上慢慢地蠕动起来。

细把戏咯咯地笑起来，清脆地说，爷爷，蛮好耍嘞。

这时我终于看到曾老师笑起来，说，你这个崽崽太不听话了，这样叔叔是很辛苦的。

我立即明白有戏了，这个顽固的堡垒，终于被我攻克下来了。

我笑着说，曾老师，我不辛苦，细把戏是很好耍的。

我没有再说话，围着墙脚，尽职尽责地在地上爬了好一阵子。有时候我还故意把身子颠簸一下，让细把戏感到更加刺激。果不其然，细把戏发出尖锐的惊叫，咯咯地大笑起来。我想，只要细把戏喜欢这样玩耍，他不叫歇气，我就要做一匹吃苦耐劳的老马，让他们祖孙高兴。

曾家的气氛陡地变得轻松活泼起来，尴尬难堪以及窒息的状况竟然一扫而光。曾老师嘎嘎地笑着，细把戏也咯咯地笑，我没有笑出声，却满面流露出讨好的笑容。我估计大约玩了二十分钟吧，细把戏才终于说不骑大马了。我把他从背上放下去，站起来，发现自己已经浑身大汗。

这时曾老师指着炉子边的板凳，说，歇歇气吧，晚上就到我家吃个便饭。

我抹着额头上的汗水，恭敬地说，谢谢曾老师，不麻烦您了，我还要赶回去。

曾老师也没有挽留，缓缓地说，哦，你的事情我晓得了。

时间不太早了，回县城已经来不及了。其实我还是想赶回去的，至少能节省几个钱。又想，既然赶不回去，睡一晚就睡一晚吧，没有什么比攻克曾堡垒值得高兴的事情了。

我随意地走进一家小旅馆，来到服务台，问，还有单间吗？

我这个人有个坏习惯，不愿意跟陌生人同住一室。

服务员说，没有了。

我有点失望，正准备离开，这时站在我旁边的一个男人，把房卡放在柜台上，说，退房。

服务员拿起房卡一看，对我说，你来得早不如来得巧，腾出单间了。说罢，又朝我身边的男人看一眼，似乎是代替我感谢他。

我觉得这个声音很熟悉，侧过脸一看，哈哈，他娘的，原来是王健康。

我惊喜地说，你怎么在这里？

王健康没有那种久违的惊喜，平静地说，我在这里已经住了两晚了。

我这才注意到，他的侧边还站着一个年轻妹子。

然后他对那个妹子说，你先回去吧。

我办好手续后，对王健康说，走，到房间坐坐吧。

王健康没有说话，默默地跟着我来到房间。

我说，你看，如果不是你退房，我还住不进来嘞。

他淡然一笑，点点头，说，的确是太巧了。

我们坐下来，我丢根烟给他，说，哎，你还画画吧？

王健康嘴角微微一抿，说，很久没有画了。

他这个习惯性的表情，我不明白到底是微笑，还是自嘲。

其实我很清楚，他自从画了那幅《撕裂》后，便再也没有画过画了。这对我或我们来说，实在是巴不得的事情。王健康如果继续画画，对我或我们的威胁是很大的。依他画画的水平和悟性，我们想要超过他，恐怕还需要多年的努力。后来好几次市展或省展，都没有他的作品出现了。为此朋友们感到莫名其妙。他是我们中间最有前途的人，应该要继续画呀，不是离婚后画了《撕裂》就开始消沉了吧？难道离婚对他的影响有这么大吗？竟然让他一蹶不振？

哦，对了，王健康离婚后的第二年，刘老师就去世了。其实刘老师的年纪并不大，才六十七岁，还能带我们很多年，他却不幸地离开了这个世界。我们明白刘老师在那些年月吃过不少苦头，挖煤、挑砖、挨批斗，已经把身体搞垮了，腰腿经常疼痛，迈不开步子。刘老师曾经对我们说过，当年他好几次准备割腕自杀，想到自己还有家室，又无奈地把玻璃片放下来。他还说过，我们这几个后生都还不错，本来想把我们都培养出来的，现在看来已无力回天，因为肝脏已经频频地向他发出了警告。刘老师住院期间，我们轮流去看望过，看着日渐消瘦的他，我们都禁不住哭起来。王健康真的很不错，几乎天天守在医院，给刘老师端屎尿、喂饭菜、抹澡换衣，简直比刘老师的两个女儿还要孝顺。

听说刘老师去世前，紧紧地抓住王健康的手说，健康，你要发狠嘞。你很有天赋，很有才华，就是吃不得苦，你一定要勤奋。王健康唔唔地点头，流下了痛苦的泪水。

刘老师去世后，我们都去参加了葬礼，唯有王健康哭得最厉害，简直比刘老师的亲人还要伤心。刘老师只有两个女儿，王健康竟然作为孝子出现在葬礼上。戴着长长的孝布，每来一个人，他都要跪下磕头。他膝盖的裤子已经被磨破了，像两片残缺的树叶。我估计他的膝盖已经红肿和酸痛，这让前来参加葬礼的人感动不已。

我们以为刘老师走了后，王健康会重新振作起来的，画出更好的作品。而其实，王健康并没有振作，他好像忘记了在病床前对刘老师做出的承诺，居然更加沉溺在麻将桌上，好像刘老师之死，已经把他的精神彻底击垮了。所以他现在的任务，便是沉醉在麻将的世界里，忘记一切世俗的痛苦。

在房间里，我们没有继续说画画的话题。

王健康默默地抽着烟，眼睛望着窗外。窗子上有只麻雀在撞击着玻璃，好像要钻进温暖的房间来。这时王健康把烟屁股往烟灰缸里一戳，忽然从衣袋里拿出一个黑色的 BP 机，说，你看这个怎么样？

我对 BP 机没有任何兴趣，说，哦，这是你配的吗？

BP 机像个大型的甲壳虫，散发出黑色的光泽。

王健康解释说，这是珠海产的，质量还不错。我是在搞批发，一个可以赚几十块钱。说罢，无声地笑起来，嘴角勾起了两道细细的笑纹。

我的情绪陡然下降，连一点说话的兴趣都没有了，我甚至希望他快点离开，我需要仔细回忆曾老师对我的态度，以及推测我作品的命运。

王健康却谈兴大发，还在不停地说着，说他赚了多少钱。他似乎是在以这些看得见的利益和好处，企图发展我这个下线吧。

其实我心里已经在鄙视他了，鄙视这个不务正业的家伙。而在以前，我是多么羡慕他，这个无声的转变，让我暗暗感到惊讶。

我故意岔开话题，问，刚才那个妹子，长得蛮不错嘞。

王健康又流露出小小的得意，说，他娘的，其实我们才认识两天。她说要买 BP 机，我说你就不要买了，送你一个吧。说罢，独自笑起来。

我悄悄地瞟一眼床铺，可以想象得出来，他跟那个妹子昨晚上激烈战斗的情景。虽然服务员已经换了床单，我却强烈地感到了一种不快。至于这种不快，是因为厌恶，还是因为羡慕，实在是说不清楚。想来也是好笑，其实哪个旅馆都是这样的。

王健康看到我对他的生意并不感兴趣，这才问我来顺庆有何事。

我张了张嘴巴，差点说是来拜曾老师码头的。

我急忙改口说，我一个远房亲戚家里有点事情。

又马上说，晚上我们一起吃饭吧，我请客。

我以为王健康肯定会答应的，况且自从刘老师去世后，我们还没有见过面。

他却说，不吃了，我还有点事情。说罢，起身就走了。

虽说我们很久没有见过了，他跟我坐在房间里说话，却不到一刻钟。

我把他送到旅馆门口，两人居然连再见也没有说。望着他匆匆的背影，我突然生出一种怅然。一个人离婚，竟然把自己的追求也离掉了。当然除了那幅给他带来很大声誉的《撕裂》。那么大概是刘老师的去世让他痛苦无比，就忘记了自己的追求吗？

我不得其解。

其实我心里还是有点高兴的，至少在我们地区来说，这个对于我或我们的一道极大的障碍，已经用不着我们来费力地搬开他了，他已经主动放弃了，或者说主动堕落了。

5

自从在顺庆那家旅馆一见，我跟王健康又有很久没有见面了。

当然我能想象到，他在推销 BP 机的生意场上，或许做得风生水起，或许也不尽如人意。总之，他现在既是推销员，又是麻将员，这两大员已经替代了他画家的身份。我还不遗余力地给他做免费广告，说王健康在做 BP 机生意了。人家听了，很难判断我这样说是含有某种恶意的，而我的暗喜却是免不了的。

王健康离婚后，我们以为他会再婚的，就凭着他多年前那幅有名的《撕裂》，应该还会获得一些学画画的妹子的青睐和崇拜。他如果想把其中的某个妹子揽入怀中，应该不是件难事。我不知他跟那些妹子是否还有联系，或是他根本就拒绝了跟她们来往。抑或是，他觉得《撕裂》已是多年前的历史了，如果还躺在它的功劳簿上睡大觉，心里有愧吧。

我还是断断续续听到了关于他的消息。

有人说，经常看到他在大街上，跟不同的妹子并排走着，很亲昵的样子。这样的消息，我认为还不能说明什么问题。而他邻居传出来的话，是足以采信的。说晚上他们的楼梯间，经常有高跟鞋的声音响起，一路响着响着，便响进王健康家里了。甚至说，从这些高跟鞋的声音来判断，绝对不是同一个妹子。我觉得这也是可以理解的，王健康早已离婚，他跟哪个妹子来往，都可以凭借谈恋爱的名义进行，谁也不能干涉。我想，王健康应该还会有再婚的想法，他还要生崽女的呀。听说他只有一个妹妹，自己是王家的独苗，我估计他父母会逼他再婚的，不会眼睁睁地看着王家断了香火。

总之，王健康简直像个无形之人，已经消失在画坛上了。

唯有地区或县里举办采风活动或美术培训时——我都应邀参加——才能看到王健康。王健康虽然不再有新作问世，而作为市文化馆的美术专干，理所当然是要参加的。况且他多年前在省美展夺得头奖的影响还在，所以我们还是能见面的。

王健康每次出现时，居然没有丝毫神采了，简直像个初学者，胆怯而悄无声息地出没会场。而且没有什么话说，若看到了我，也只是微微点头而已，好像时光已经把我们的友谊冲淡了，也好像是刘老师已不在人世，我们便像一盘散沙，再也凝聚不起来了。

既然活动安排有会议这项内容，大家还是要发言的。发言的顺序，一般是从主持人的左边开始，这样就没有人能逃避发言了。而每次轮到他发言时，王健康却轻轻地摇摇脑壳，说，我不发言。任凭主持人劝说，他也不说话。

这让与会者既感到失望，又觉得很迷惑。

不知这个王健康到底怎么回事。

按说，王健康作为市文化馆的人，是带有某种权威性的，应该对画界发表自己的看法，或对本地区某个作者的作品，提出自己的见解。且不论你的观点正确与否，至少也是对大家有某些启发吧，不然这个兼有辅导工作的人就没有必要来了。你卖 BP 机也罢（后来我不晓得他是否还在代理 BP 机），搓麻将也罢（这个他肯定没有金盆洗手），那都是你的业余活动，人家是管不到的。而你还是个辅导员，仍然有份责任。王健康却无视主持人的催促，也无视与会者期待的目光，硬是一言不发。主持人只好指着下一位发言。可以这么说吧，王健康不发言，的确是个特例。像这样的人还能继续留在市文化馆，或许是馆里看在他曾经获过省里大奖的面子，让这个已经多年不动画笔的人坐吃老本吧。

话说回来，王健康发不发言，我觉得已经没有多少意义了。现在他早已远远地落在我们后面了，他所谓的权威性，早已被我们淡忘，谁也不把他放在眼里。说白了，他只是个落伍者而已。尤其是那些后起之秀，竟然招呼也不跟他打，因为他们画画的观念，已经把他打倒了，眼里都对他流露出一种不屑。在这个名利场上，你除非是天才，依靠一幅或几幅惊世之作稳坐江山。而对于其他画家来说，唯有经常有好作品问世，加上自己强劲的活动能力，才能获得人们的赞赏或羡慕，才能在这个名利场上活得比较滋润。

作为我来说，只不过是在念点旧情而已，不然我也不会齿他的。

王健康有点猥琐地坐在桌子拐角，虽然不发言，却也是心神不定，似乎马上有重要的事情等着他去处理。我不明白他到底在想些什么，不是还在想着 BP 机的收益吧（BP 机曾经风行了几年，现在已呈衰落之势），或是开始悄悄地经销其他产品吧，比如手机之类。其实我还是想听他说说话的，老朋友了，况且这也是个交流的好机会，他或多或少还是能谈出某些道道吧。或许他虽然多年不画画了，却对画画还是有某些深层次的思考，那么他若说出来，对我们也有些许启发吧。

王健康却一言不发，也似乎对别人的发言充耳不闻。

到半上午时，王健康好像酒瘾开始发作了，两片紫色的嘴唇在不停地巴动着，像鱼呷水，我似乎听到了细微的喋水声。然后抽烟更厉害了，简直是一根接一根，没有断火，好像在以烟代酒，暂时缓解酒瘾吧。他抽的烟十分低劣，仅是几块钱一包的，最多是十几块的。而我们一般都是三四十块，或五六十块钱一包的。他抽烟有个特点，他会接过别人发的烟，却从不把自己的烟发给别人，似乎是不想让别人看不起吧。依我看来，实在是没有这个必要。摆在他面前的白瓷圆形烟灰缸，似乎仅仅供他一人所用，所以特别显眼。烟屁股插在里面，像高高矮矮歪歪斜斜的黄色丛林，赫然地出现在人们眼前。

这个时候，他抽烟也很不安静，烟屁股在烟灰缸里弹了弹，没过一秒钟，又要弹一下。简直像只饥饿的鸡婆，在不停地啄米。

我还仔细发现，他的手指头在不断颤动，像有神经质，又像有风湿病，还像是在弹琴，却又没有任何章法。再说，他又不是弹琴的人，为何有如此举动。他尖尖的下巴上，那些稀疏的淡黄色胡子，也在凑热闹似的微微抖动，像只激动而好斗的大蟋蟀。他的眼睛哪里都不看，不像我们都要相互用眼神打个招呼，或会意地笑一笑。他总是栽下脑壳，像颈椎骨断了，久久地沉浸在自己的世界里。即使偶尔抬一下脑壳，眼里也是飘浮着迷茫的神光。

我仍然在猜测，不知他在想什么。

他不会还在想离婚的痛苦吧，不会还在想他婆娘的种种优点吧，不会还在对离婚后悔莫及吧。按说这么多年了，离婚所带来的痛苦应该消失了。或许，他是在反思自己不再画画的错误，面对着这么多已有成绩的同行，感到不好意思或苦恼吧。或是，他屡屡出现在会场，也是迫不得已吧。

按说，王健康多年来没有画画了，这些问题他应该早已想清楚了。哦，他或是在不动声色地羡慕同行们的长进。按说，他也不必羡慕别人，尽管我们这些人多多少少取得了一点成绩，他却仍是我们地区第一个获得大奖的人。这个光荣的历史，谁也不能否认，这个荣誉应该还是要记在他脑壳上的。当然我们其中有些人，包括我自己，已经在向全国画坛冲刺了。

关于这一点，他不可能不晓得。

每次座谈会开始时，发言或不发言的人，开始都还是要看看他的，想听听他的高论。后来就不再看他了，大家明白他就是这个人，所以有他无他已毫无意义。不论谁发完言，大家都会报以掌声，这至少也是种礼貌吧。唯有王健康从不鼓掌，好像没有听到，烟像一根钻机似的伸进嘴巴，然后深深地吧一口。

尤其是快到吃饭的时间，王健康忽然把手机从口袋拿出来，迅速地看一眼，再轻轻地摆在桌子上。然后不时地拿起看一下，又拿起看一下。他那个急迫的架势，似乎恨不能让主持人立即宣布散会。

即使散了会，大家还要三三两两地耳语一番，或亲切地打招呼，毕竟平时难得一见。唯有王健康突然一下子不见了人，像幽灵般飞快地消失了。

我估计大约去厕所了吧。

大家边说边走，慢吞吞地朝饭店走去，走进包厢一看，嗬，他娘的，谁知王健康早已稳稳地坐在了椅子上。他阴沉着眼睛，冷冷地叫服务员快拿酒来。服务员小声地提醒说，会议组织者已经告诉我们，中午不能上酒，因为下午还要座谈。

王健康一听，冷漠的脸色顿时生动起来，他怒目而视，一只手重重地拍着桌子，大声说，这是哪个讲的？叫他来跟老子讲清楚，画家喝点酒还不行吗？你快点拿上来，不要让老子生气。

服务员奈何不了他，也不晓得他究竟是何方人士，只好赶紧把酒摆上来。

其实王健康喝酒的标准并不高，也就是二两一瓶的低价酒而已。说句实话，像这样的酒，我早就不喝它了。我喝酒的标准是，要么是很好的酒，也就是说，要喝名酒，或者是价钱比较贵的，要么呢，干脆喝啤酒。

服务员把酒小心地摆在他面前，王健康立即拧开瓶盖，抓着瓶子就喝起来，也不倒进酒杯里，更不问人家喝不喝。这个时候菜还没有摆上桌，他喝的是空肚酒，喝空肚酒是很容易醉人的。看他那个架势，好像是一个人在喝酒，其他的人都被他的眼睛忽略了。

我发现王健康一旦喝起酒来，其神态就比较自如了，双手也不颤动了，浑身显得十分轻松。

我认为这是他状态最佳的时候。

吃晚饭时，大家自然都喝酒，一喝，便纷纷相互敬酒。当然人家也是出于礼貌，频频地敬王健康的酒，他却一点客气也不讲，居然也不站起来，只是侧过身子，举起酒杯跟别人碰一下，有时候根本就没有碰到，他便把酒杯子往嘴巴里一倒，也不管人家喝了没有，便迅速地把身子重新坐正。再者，人家既然敬了你的酒，你也要回敬吧，这也是礼貌。王健康却不同，不敬任何人。无论是年长年幼，是男是女，或职务高低。这时候，他似乎有种超凡脱俗的味道，你们喝酒，关我鸟事。不论别人高声大嗓，热闹非凡，他却一动不动，像个极有定力的老僧，对世俗之事视而不见。

我想，他之所以这样冷淡，大概是他平时独自喝酒太多的缘故吧。

我曾经听人说过，多年来，每到晚上，在王健康住所附近的小夜宵摊子上，经常可以看到他一人在喝闷酒。而且喝的都是低劣的酒，当然再加上一碟花生米，或一碟海带丝。若是夏天，他就打着赤膊，穿着短裤，脚下一双拖板，独自悠悠地喝酒，像是要给炎炎夏日再增添一点热源。若是下雨或冬季，他就坐在帐篷里，也是一小瓶酒，一碟花生米，或一碟海带丝，孤独地打发漫漫长夜。说实话，我很佩服他这种独自喝酒的功夫，若是没有经过一定的操练，是不可能达到这个境界的——权当把它当成境界吧。

如此说来，他跟我喝酒的风格大不相同。我一贯喜欢吆三喝四，叫来一众狐朋狗友，尽情地痛饮一番。我喜欢那种热闹的场合，喜欢你敬我、我敬你，喜欢大家边喝酒、边喷着口水作报告。我是绝对不可能一人喝酒的，即使在家里我也不喝。所以我担心的是，像王健康这样长期独自喝酒，若不喝出神经病或抑郁症来，那才是怪事。

6

经过多年的奋斗，我终于从县城调到了省城。

不可否认的是，这得益于曾老师的帮忙。别看他平时不太齿人，似乎很高傲，难以接近，而只要你跟他把关系搞好了，他还是非常随和的，甚至把你当作崽女看待，不分内外。公正地说，他这一点要比刘老师好。刘老师虽然乐意教我们画画，水平也很高，却还是跟我们有种距离感，也就是说，只有师生间的感觉，没有父子间的感觉。打个比方吧，我们可以随意地到曾老师家里吃饭，可以自己动手炒菜，像一家人。而在刘老师家里，我们还是有点拘束，如果想随意吃饭，那是不可能的。

我只要有空闲，便往顺庆跑，顺庆是我的希望之地，是我通往省城的重要阶梯，我不能放弃这个阶梯。当然我不仅向曾老师讨教画画方面的诸多问题，还抢着帮他做点事情。比如说做煤球吧，这是最费力气的。虽然街上有煤球卖，价钱却太贵。所以那些年我主动地挑起了做煤球的任务。你们有所不知，我一口气可以做一千两百个，顺庆城里的人是不可想象的，而且根本无须别人帮忙。我每次做煤球时，曾老师则坐在屋檐下，一边跟我谈画画，一边给我添茶。这对于我来说，爱好和义务两不误。做煤球我并不害怕，我是矿工出身，有得是一身力气，并不害怕小小的煤球。

我的一片诚心终于感动了曾老师。

有一天他竟然主动对我说，玉喜，我看你还是要调到省城去，码头不同，造化也不一样。

我听罢，内心十分惊喜，这是我人生的重大目标，只是我不敢说出来罢了。当我看到机会终于来了，赶紧皱着眉头，故意说，哎呀，我没有任何关系呀。

曾老师微微一笑，说，慢慢来吧，莫性急。

曾老师真的有三板斧，他仅仅只花了一年工夫，便把我调进了省城。这是我人生重大的转折点，曾老师的恩情我没齿难忘。

来到省城，这对于我来说真是如虎添翼。凭着曾老师在背后的推动，以及我自己的活动能力，现在我在省城的画界也排得上位置了，谁也不敢小视我。我能悄无声息地调到省城，就已经让他们刮目相看了，弄不清我到底施展了什么惊人的手段。

我能发达的最重要的因素，还是我跟曾老师多次商量的结果。若想在省里或全国造成比较大的影响，除了画画，还必须需要通过其他途径得以实现。我说，应该要给当今世界最有影响的人画一张画，而这个人又不是别的画家随便能见到的，我却能见到。曾老师平时是很有主意的，听我这样一说，黑白相杂的眉毛皱起来，似乎有点为难。他试探性地说，不是美国总统吧？我摇摇脑壳，说，应该是联合国秘书长，他才是各国人民能接受的人。曾老师一惊，说，加利？我笑起来，说，对，就是加利。这时曾老师闭上眼睛，在脑壳里运神。我明白他是在寻找通向遥远的加利的神秘门路。我更明白曾老师肯定是有把握的，不然他就没有必要做思索状。我轻轻地起身，给他添加茶水，不敢打扰他。果然二十多分钟左右，曾老师突然眼睛一张，一只手激动地拍在大腿上，说，有了，玉喜，等我联系好了，再告诉你吧。

曾老师果真厉害，不到两个月时间，便兴奋地打来电话，把联系人的地址和电话告诉我，还叫我带上三幅油画作品，再加上几件贵重礼物。就这样，曾老师通过他同学的关系，让我竟然接触到了联合国秘书长加利，当然这里面还是尝到了许多艰辛和委屈。而能见到加利，这些艰辛和委屈，又算不了什么。我晓得加利先生的一段话曾经风靡一时。他说，我什么都做不了。我没有军队，没有经费，没有专家。我的一切都是借来的。当时我在美国等了十八天。我想，这个十八一定是个好数字，它预示着我今后能发达起来。其实当那天我见到加利先生时，他的态度十分温和，给了我两个小时。所以我给他画了张素描。然后我按照这张素描，又画了幅油画。就是这幅来之不易的油画，给我带来了极大的声誉。

接下来，我邀请曾老师给我助阵，在省城、京城、广州、上海等地，轮回举办了大型画展，并请出了当地极有名望的画界人物，甚至还有省级官员来给我捧场。当然按照江湖规矩，我并没有亏待他们，而且还不能给得太少。另外，我还亲自撰写新闻通稿，让手下人发给当地媒体，如电视台、报纸以及电台，一个都没有漏掉。当然也少不了给他们好处。

在通稿中，我把自己称之为具有世界声誉的画家，是给加利作画的唯一的中国画家。以往我还在通稿中特意标明，自己是从矿山走出来的著名画家，后来我连这句话都删掉了，因为它显得不大气。当然我首先要串通几个大企业家，让他们当场买画，把气氛一下子搞上去。这样一来，我以为自己在省城无疑是坐头把交椅的，其江湖地位是无人能撼动的。我心里也明白，在画界这个江湖上是非常复杂的。当你没有名气时，人人都会踩你、压你、看不起你。你一旦有了名气，又有许多人在暗中觊觎你，千方百计要扳倒你，使你十分尴尬，下不了台。真可谓处处有暗箭。所以我也时时刻刻保持警惕，嗅觉灵敏，只要出现不利于我的消息或动向，我就会奋不顾身地扑灭它。

果然不出所料，不久画界发生了一件大事。

我听说，京城的某位画界的权威人士，竟然对我省的画坛指手画脚，甚至还发表了一番谬论，说蒯大焦是我省第一画家，说他的油画已经达到了非常高的境界。这个消息传来，让我极其生气。这位权威人士的屁话，对于我来说简直是致命的，也是个沉重的打击，我却又不敢得罪他。他在画界的声誉极高，以后还得要沾他的光。可我们一直不能容忍他。这个姓蒯的善于钻营，拉虎皮当大旗，四处吹嘘自己是某人的关门弟子。用不着怀疑，京城那位权威人士说的那番话，肯定是他用重金贿赂的结果，不然那位权威人士是不会轻易说出这种惹麻烦的话来。蒯大焦得到这番话后，竟然如获至宝，回来就大肆宣扬，借此抬高自己的声誉。对其狂妄至极的举动，我不能坐视不管，否则我的声誉将一落千丈。我要立即采取行之有效的措施，闯到京城去，封住那位权威人士的嘴巴，若不如此，天下则不会太平，若不如此，这种谬论会越传越广，其恶劣的影响是不可估量的。我准备了一份重礼，然后像个扑火队员单刀直入，连夜直闯京城，悄悄地溜进他家里。

这位权威人士鹤发童颜，保养得极其润泽，只是眼袋像吊着的两粒褐色核桃。以前我在京城办画展时，曾经邀请过他出来捧场，他对我的作品也称赞有加。虽然算不上有什么深交，毕竟还是有过交道的。

他对于我的突然来访，感到十分吃惊，凭着他对江湖的敏感，自然也嗅出了我前来拜访的动机。他却显得十分淡定，似乎并不清楚我的来意，故意问我来京城有何好事。我喝口茶，开始还是礼貌地说了说其他事情，然后话锋一转，严肃地说，您老有所不知吧，您老对蒯大焦说的那番话，已经在我们地方上闹起轩然大波了，许多画家都很有意见，所以他们推选我来跟您老说说。其实我是根本不想来的，我明白这会得罪您老的。他们却坚决不答应，非要叫我前来不可，我也是不得已而为之，这一定要请您老多多原谅，多多理解。既然这次我是代表许多画家来见您老的，就是想请您老收回这句话。

我终于把要说的话说了出来，浑身顿时有了一种轻松，同时也含有某种紧张，万一他不收回去呢，万一他是个脾气犟的人呢。

我的确没有丝毫把握。

我怔怔地望着他，希望他能明白自己惹了大祸。他听完我说的话，居然闭起双眼，苍老的脸皮在微微跳动。我明白他内心很矛盾，又很无奈。当时房间里的气氛很紧张，似有马上崩裂的感觉。大约过了一刻钟吧，他才慢慢地睁开老眼，用蚊子样的声音坚决地说，其实我没有说过这样的话。

好——，我当时差点儿惊呼起来。他娘的，只要有了他这句话，就没有什么摆不平的了。而且我去他家时做了手脚，口袋里插着录音笔，他的一字一句，清清楚楚，简直是铁证如山。

可以说，这次直奔京城，我是满载而归。回来后我四处宣扬这位权威人士并没有说过这样的话，以前说的那些话，只是传言而已，并不足为凭。而且我把录音笔拿出来，放给几位好朋友听，让他们广为扩散。

我明白如果我不把这股歪风打压下去，那个姓蒯的就会跳到天上去，眼里不会有我们的。平时这个家伙也极其张狂，什么活动也不组织，天天就是炒作自己，报刊电视时常有他的消息。比如，他到某县画幅油画，然后跟县里说好，说这幅画能卖到八十万元。县里也同意这个搞法，因为媒体一旦炒出去，县里就有了新闻知名度，他也能掀起新一轮高潮，骄傲地出现在公众面前，能达到双赢的效果。其实他的油画根本就没有卖出去，而是悄悄地收藏在自己画室里。这个人有诸多的恶劣行径，早已引起了大家的反感。他却我行我素，一点也不收敛。这次行为更是恶劣，居然用重金撬开京城那位权威人士的嘴巴，以此来为自己脸上贴金。我若不压住这股歪风，让他大行其道，还不晓得他会猖狂到何种地步。所以我必须要直赴京城，封住权威人士的嘴巴，同时也让他明白我省画界的复杂性，叫他以后不得胡言乱语。

不晓得为什么，我悄悄去京城的行踪，还是让人晓得了。这让我不得其解，我这次去京城，是十分保密的，只有我婆娘晓得，并没有透出风声。也许是，我把录音笔放给朋友们听，他们就晓得我去了京城吧。而我把录音笔放给他们听时，只说是从别人那里获得的，并没有说我去过京城。

说实话，我平时跟姓蒯的见面，还是打招呼的，都在一个圈子里混。虽然两人都心怀叵测，表面上还是点点头的，其实心里都看不起对方。自从我去京城的消息透露出去，这个姓蒯的家伙跟我碰面时，竟然都不朝我看一下。他娘的，不看就不看，反正老子的目的已经达到了，出丑的是他这个厚颜无耻的家伙。

我也明白，许多人在说我的闲话，说什么我的画作独创性不强，还说什么我是拉虎皮当大旗，甚至还包括我的私生活，等等。说实话，对此我都是一笑置之。就说独创性吧，中国也没有几个画家有独创性吧，你没有，他也没有，既然都没有，也不能单单对我如此苛刻吧。不，这不是苛刻，完全是嫉妒。说我拉虎皮当大旗，当然是指我能给加利先生画画，而也不是我拉虎皮当大旗呀，这只能牵涉到一个人的机遇和幸运而已，你不会碰到吧，他也不会碰到吧，既然都碰不到，那只有我碰到了，这只能说明是我的机遇和幸福。说虎皮之类话的人，也是出于一种嫉妒而已。另外，人活在这个世上，谁不说谁呢？谁都有毛病和缺点，除非是圣人，是超人。那你也没有见到过圣人、超人吧。

再说说王健康吧，我调到省城多年，他只来过两回。

有一天，我正在家里为去京城找那位权威人士苦苦思考，心想怎样才能封住他的嘴巴，所以我几乎是在斟字酌句。我明白这一去，必须打赢这一仗，不然肯定是白走一趟。

当然我必须要说明的是，我已经换了婆娘。黄玉彩比我小二十五岁，我们又生了个崽。黄玉彩是我调到省城后才认识的，她才貌双全，知书达理，又爱好画画，是个难得的女人和伴侣。当时听说她已经谈恋爱了，我心有不悦。为了达到揽她入怀的目的，我动用了极端而又秘密的手段（在此不赘），竟然把她夺过来了。此时她已经怀孕，又不愿意打胎，最后我只得跟我人生的师父伍晓芳离婚，我跟她所生的女儿跟随她。

这时门铃音乐响起来。

黄玉彩打开门一看，她不认识王健康，问，你找谁？

王健康说，我找张玉喜。

黄玉彩晓得我正在屋里苦思冥想，便想替我阻拦他，说，哦，对不起，他不在家。

其实我已经听到了王健康的声音，本来我也想装着不在家的，因为我晚上就要去京城，他来得真不是时候。又想，我自从调到省城，他还没有来找过我，他这次突然来找我，大概会带来什么意外的消息吧，也可能他带来的消息，对我有某些好处吧。

我连忙走出来，笑呵呵地说，哎呀，这是我的老朋友王健康，快请进来。又说，这是小黄，真是对不起老朋友，来找我的人太多了，她也是替我挡挡驾而已。

王健康似乎看也没看她一眼，便直接走进屋里，这让我心里隐隐不快。

我们在客厅坐下来，黄玉彩泡好茶，便进了卧室。

我递烟给王健康，然后故意问他到省城有何好事，其实我是想听听下面的画家对此事有什么看法。

谁知让我失望的是，王健康什么话也没有说，只是埋头抽烟喝茶，半天才说，我这次是出差，是顺便来看看你的。

我试探性地问道，你没有听到什么风声吧？

王健康一怔，迷惘地看着我，摇摇脑壳，说，什么风声？

我猜测他肯定还没有听到这个风声，也许是，他根本无心去打听画界的事情吧。所以我觉得他继续坐下去，只会耽误我宝贵的时间。催他走吧，又说不出口，时间却很不宽裕了。

我不由焦急起来，只好不停地看看手机。

王健康好像没有看到我这些动作，仍然低着脑壳抽烟，似乎在等着我请他喝酒。喝酒是没有任何问题的，只是他不明白，这个时候我没有心境喝酒了。

王健康仍是一副憨憨的样子，这让我终于忍耐不住了。我说，健康，我马上就要去广东，今天就不能陪你喝酒了，实在是对不起。

说罢，我从酒柜里拿出两瓶好酒，用袋子装好塞到他手里，说，你拿去喝吧。

王健康没有拒绝，有点惊讶地看了看酒，又默然地看我一眼，站起来说，那我走了。

我把他送到电梯口，又说一声，实在是对不起，老朋友。

然后我走进屋里，继续斟酌怎样对那位权威人士说话。

哦，现在想起来了，我去京城的秘密行动，是王健康透露出去的吧。我虽说是去广东，他可能一眼就看透了我的秘密，或者是，有人指使他来试探我的吧。

不得而知。

第二回，王健康竟然找到了我的画室。我的画室离家里有点距离，在很有名气的字画一条街上。看到他出现在画室门口，我心里不由暗暗叫苦，后悔开门。

你们有所不知，有个大老板愿意出大价钱，请我画幅油画，时间十分紧迫，我又不得违约。王健康这一来，就会耽误我的时间。我手里拿着画笔，并没有让他进来坐的意思，连烟也没有拿给他。当然我觉得这毕竟还是有点让他尴尬的，他却没有这个意思，拿出手机看了看，说，哦，我那个地区有个叫周和生的人，他的作品想参展，现在他活动得非常厉害，还送礼给我，我当然拒绝了。我今天来就是想告诉你，像这样的人，作品质量很差，活动能力又太强，我希望你把他的作品筛选下去。

我一听，顿时惊住了，说，健康，你就是为这个事情来找我的吗？你打个电话就行了呀。

王健康固执地说，不，我一定要当面对你说清楚，不然我不放心。其实，我那个地区比他画得好的有好几个人。好，你忙吧，我走了。

我没有留他，我对他这么远来找我说这样的小事，觉得十分好笑。

我关上门，暂时没有画画，坐下来抽烟。心想，他娘的，这个王健康好像还生活在真空里，现如今各个领域都是这样的。参展也罢，获奖也罢，你如果没有三板斧，根本就不要去做什么幻想。许多好作品照样不能参展，不能获奖，这是不足为奇的。想当年，我如果不活动，也就没有今天这个地位，也就没能有这个话语权。唉，王健康真是太较真了。你有手机，随便打个电话就可以了，何必跑到省城来呢？况且你又不画画了，就没有必要操这个心了。

我想了想，脸上流露出嘲讽的笑容，然后起身站在画案前，刚想动笔，门又被人敲响了。他娘的，没有看到我在忙吗？本来我是不想开门的，装着不在画室。只是在开展之前，是会有许多人来找我的。

我还是把门打开了。一看，原来是个陌生的后生，长长的头发掩盖着半边脸。我仔细端详，他脸上刻下了道道疤痕，好像是被火烧坏的，十分恐怖。

他怯怯地说，是张老师吗？

我说，是，你有什么事？

他小声地说，我叫周和生，这次有幅油画会送到省里参展，请张老师一定多多关照。又强调说，我也是顺庆地区的。

说罢，走进屋里，放下手里的烟酒，又从口袋里拿出一个信封，愧疚地说，张老师，实在是不成敬意。

我故意没有去接信封，周和生却快步地走到画案边，把信封放在上面。

又谦卑地说，张老师，不打扰您了。说罢，便匆匆地走掉了。

我想，这个周和生的行动的确很快，这两天已经有八个人来找过我了。虽然他们都是惊鸿一瞥，却都留下了意味深长的爪痕。就说眼下吧，王健康前脚来告状，他后脚就跟着来活动了，似乎是合谋好了的。

我拿出手机，把周和生的名字打进记事簿里，以防忘记。我还是遵守业界的游戏规则，接钱办事。放下手机，我这时似乎隐隐地看到了年轻时的自己，看到自己在曾老师家里，趴下来做大马给他孙子当坐骑的镜头，还看到了挥汗如雨做煤球的场面，还看到了给许多人塞红包的情景，等等。这些富有历史性的细节，有时竟然十分清晰，有时则非常模糊。

我立即伸出手来，在眼前匆匆地拂了一下，好像要把过去的回忆迅速忘记。

7

去年冬季，我们到县里搞活动，为期三天。

县里准备得很充分，安排了几个不错的风景点。两天时间看风景，留下一天画画。县里的动机是明确的，无非是让画家们把当地的风景画出来，权当旅游宣传，以期引起大量游客的注意，带来丰厚的经济效益。

由此可见，画家的活动是比较轻松的，无非是看看风景而已，或是发现乡村有特点的人物。有的画家带着照相机，有些人就用手机拍照。

这次王健康也来了。

第一天下午报到。吃过晚饭，大家休息一阵子，然后当地的画家朋友刘上明请我们吃夜宵，这也是我们下去参加活动的内容之一。我们可以坐下来边喝边谈，说画界的趣事或绯闻，或评价其他画家的得失，用以打发乡下漫长的夜晚。

吃夜宵的人并不多，十来个人吧。

我走下电梯时，突然想起什么，哦，还有王健康，我赶紧叫刘上明打电话给他。

我们都在大厅等着，很久才看到王健康慢吞吞地走出来。

夜宵就在宾馆不远的摊子上。其实我们可以到宾馆的美食街喝酒，温暖而安静。我们却不喜欢那种环境，因为不能大声说话，让人感到比较拘束。

冬天的寒风很大，把夜宵摊子的红色或绿色的帐篷，吹得一鼓一瘪，好像在进行某种技巧比赛，也好像在鼓动我们走进它的温暖。

我们随意走进一家帐篷，里面居然十分宽大，摆着十几张桌子。吃夜宵的人并不多，也许是时间还早吧。

我和王健康挨着坐下，然后我对刘上明说，来两箱啤酒吧，你们不能喝冰的，就喝常温的吧，我是要喝冰的。

大家惊呼，张老师真是了不起，这样的天气还能喝冰的。

我笑着说，这是我父母给了我一副好肠胃。

王健康却说，我喝白酒，就是那种二两一瓶的，来两瓶吧。

刘上明马上给他叫来了两瓶。

我晓得王健康吃晚饭时喝多了，便劝他，你还喝两瓶呀？

王健康点点头，说，没事。他把瓶盖打开，倒进玻璃杯里，也不管别人，自己便喝了一口。

在座的都是画画的，唯有王健康不再画画。其他人都在谈论作品，我不便插嘴，以恐引起王健康的不快和尴尬。我只是跟他碰杯喝酒，似乎也没有什么话说。

忽然王健康低声地对我说，你不晓得吧，这么多年来，我虽然不画了，却在拉小提琴。

你拉小提琴？这让我感到非常惊讶。

当时我能感觉到自己的表情，不亚于听到他踏上了月球。我的眼睛和嘴巴像被牙签撑开了，久久也没有恢复原样。我真的不晓得他竟然还有这个爱好，也没有听别人说起过。看来没有生活在一起，对方还有什么爱好，其实是不太清楚的。

我接着说，那很好呀，只是你每天拉提琴，会影响邻居的呀（这个我已经深受其害，我的邻居就是天天弹钢琴，闹得邻居日夜不安）。

王健喝口酒，摇摇脑壳，小声地说，我不会影响别人。

我猜测说，哦，你的房子要么是封闭式的，要么是别墅，要么是单间独屋。

他摸出一根烟点燃，抽一口，说，都不是。我租了一个防空洞，在那里面只有我一个人拉琴。

我的眼睛瞪得更大了，他娘的，我不知他竟然还有这种莫名其妙的举动。

对于现在的年轻人来说，"防空洞"是个比较遥远而生疏的名词。以前为了响应深挖洞广积粮的号召，全国人民都在挖防空洞。在城市的楼下挖，在工厂的食堂边挖，在学校的山坡上和球场边挖。我估计在这块古老的大地上，地下已是纵横交错，若把它们连接起来，不晓得有多少个万里长城。我们当年的青春和汗水，都消耗在一条条漫长而无用的防空洞里，除了一两次罕见的演练，它们早已被人们渐渐地遗忘了。当时许多地方甚至还相互学习取经，暗暗比赛，看谁的防空洞挖得更长，砌得更坚固。洞里面的材料各式各样，有石头垒的，有红砖砌的，有水泥糊的，还有钢板砌的。当然那些不长且矮小的防空洞，就没有必要用什么材料了。原以为这些被历史遗忘的防空洞，已经毫无意义与价值了。谁也没有想到，多年后这些充满着阴湿散发出霉气的防空洞，极少部分竟然又有了利用的价值。有些用来做餐馆，或冰室，或卡拉OK，或跳舞厅，等等。

我没有想到，居然还有租来做琴室的。

我试探性地问道，多少租金？

王健康说，年租一万。

我简直惊呼起来，一万块钱，租个防空洞拉小提琴？

王健康肯定地点点头。

对于有钱人来说，这自然算不了什么。而对于他来说，我认为还是有点奢侈的。他的工资并不高，这从他的穿着来看，也是极其普通的。若说得出格点，几乎跟小街上收破烂的人差不多。而且他抽的烟、喝的酒，都是很便宜的。我不是在故意贬低他。按说，如果早年凭着他的才华和努力，他不应该处在这个生活水平吧。

我可以想象，每到夜幕降临，王健康提着小提琴，独自来到那个他租赁的防空洞，打开洞门，默默地走进去，再扯亮电灯。他看了看防空洞这个独特的琴室（也许是石头砌的，也许是红砖砌的，也许是水泥砌的），然后摆开架势，安静地拉起小提琴。这是他唯一的藏身之地，或许只有到了这里，他才精神焕发，目光炯炯，腰身直立，浑身的沮丧衰老以及颓废，顿时——逃逸。他肯定沉醉在美妙的音乐里，把一切琐事以及痛苦彻底忘记。他在这个封闭的防空洞里面，陡然像变了个人，状态极其饱满（不知在麻将桌上是否也是如此）。

当然我不晓得他拉的是哪些曲子。

也许有《新疆之春》，也许有《月光》，也许有《花儿与少年》，也许有《沉思》，也许有《圣母颂》，等等。每当拉累了，他便坐下来抽烟，享受着这静谧的时刻，回味着刚才美妙的琴声，咀嚼着刚才的激动与兴奋。然后又继续拉起来。

我估计他应该拉上两至三个小时，然后才悄悄地走出防空洞，锁上门，提着小提琴，朝灯光闪烁的街上走去。当然他还会去那个小摊子喝酒，叫一瓶或两瓶小瓶子酒，一碟花生米，一碟海带丝。这时候他竟然又恢复了浸透在身上的沮丧和衰老，以及颓废，酷似一个失意而早衰的老人，慢慢地喝着那种低劣的白酒，以及重新咀嚼着生活的苦涩。

我不由对他肃然起敬。

在这个看起来消沉的朋友身上，仍然有他自己的精神寄托，他已经把世俗名利抛得远远的了。他哪像我们这样你争我斗，相互贬低，甚至诬陷栽赃。总之，为了名利，任何卑鄙的手段都可以施展出来。

他又小声地说，我已经过三级了。

哦，我暗暗地替他感到高兴，相比之下，我内心里也有了某种愧疚。

突然我终于记起来，还在三十多年前，我似乎记得他说过一句话，说他的前妻喜欢拉小提琴，我却不晓得他后来也拉小提琴了。那么王健康多年前放弃画画的爱好，悄无声息地拉起了小提琴，这跟他前妻是否有什么关系。他居然舍得丢弃本来很有前途的画画，而去学小提琴，这里面不知有什么刺激他的某种东西。

我们坐在帐篷里喝酒，寒风不时地吹进来，幸亏脚下摆着一盆炭火，还不至于感到寒冷。

这时我的手机突然响了，拿起一看，是个陌生的号码。

我问，哪位？

对方小声地说，张老师，我就在你们的帐篷外面，请您出来一下。

我明白，毫无疑问是走关系的人来公关了。我是省城的评委，来找我的人很多。这时我不由想起自己多年前，也是这样找关系的。当然这些回忆，仅仅在我头脑里一闪而过。

我走出去，外面灯光暗淡，只见隔壁的一家帐篷门口，站着一个清秀的后生。

他向我招了招手，我慢吞吞地走过去。

后生说话的语速很快，似乎担心有人看到。

他说，张老师，我叫李玉山，我的作品这次参加了比赛，叫《欢乐》，请老师一定要高抬贵手。说罢，从口袋里拿出一个信封来，悄悄地塞到我的衣袋里。

我说，不必，只要作品好。

我把信封抽出来，在手里抛了抛，估计有五千吧，然后又还给对方。

这个后生极其精明，马上又从口袋里拿出一个信封来，充满歉意地说，哦，你看我这个鬼记性，还忘记了一个。说罢，不由分说地把两个信封塞进我口袋里。

他似乎担心我把信封退给他，急忙作个揖，说，那就拜托老师了。说罢，便匆匆地走掉了。

我借着灯光，把李玉山和《欢乐》打进手机里的记事簿，然后慢吞吞地回到帐篷里面，像无事一样，坐下来，仍然跟王健康说着话。

说着说着，只见有两个叫张小军、朱大厦的人，突然争吵起来。仔细一听，原来他们是为了给各自的作品争高低。张说朱的基本功很差，朱说张还没有入门，每幅画的构图都大有问题。两个人竟然拣最刺激对方的话说，恨不能把对方说得像坨牛粪，然后再踩上一只脚。

大家劝他俩不要吵了，说，你们的画好与不好，明眼人一看，就能看出个高低来，不要争了。

别人怎么劝张小军和朱大厦也不听，两人把手里的烟屁股往地上一摔，紧接着酒杯朝桌子上砰地一蹾，然后站起来争吵，吵着吵着，竟然相互推了起来。

我说，你们不要吵了。

还是没有效果。

张小军一脸胡子，简直像个土匪。朱大厦戴着鸭舌帽，倒像个特务。现在张土匪和朱特务拳打脚踢了起来。这时张土匪突然抓起板凳，朝朱特务狠狠地打去。朱特务身子一偏，板凳落空，由于张土匪的力气过于凶猛，产生的惯性使他和板凳一起摔倒在地。大家以为，朱特务肯定会放过张土匪的，谁料朱特务抓起桌上的啤酒瓶子，猛地往张土匪的脑壳上打去。

砰……瓶烂血流。

张土匪大叫哎哟，鲜血从脑壳上流下来，脸上都染红了，胡子也浸湿了，像冰冻的海带。

我对画界这样的明争暗斗早已麻木，见怪不怪了。其实有的人为了利益，甚至还动用了黑社会。像张土匪和朱特务这样吵架，实属小打小闹。所以我并不去劝架阻止，任他俩打去吧。

我边喝酒，边望着动武的他们。

夜宵摊老板看来是军人出身，高大而威猛。他看到张土匪和朱特务还有继续打斗之势，二话不说，抄起两把菜刀，冲上来大吼，你娘的，你们要打就出去打，不要在这里面打，如果再打，我就把你们的脑壳上各插上一把菜刀，信不信？

这一招很见效，张土匪和朱特务终于收手，两人骂骂咧咧地走了出去。

摊主看了我们一眼，气愤地说，我先还以为你们是文化人，哪里晓得比土匪还不如，娘的尸。他放下菜刀，把板凳扶起来，然后便走了出去。

我们几个人为了避免尴尬，大声地指责张土匪、朱特务，说，这两个人也太没有修养了，其实不要争呀，至于作品的好与不好，是要由时间来决定的。

骂了一番，我们继续喝酒。

在张土匪和朱特务的争吵打斗的过程中，王健康居然一句话也没有说，好像这场打斗没有出现在他眼前，他很不屑地看了一眼，仍然像在顺庆一样，独自喝酒，好像世上的事情已经跟他无关。他什么菜也不吃，就是一口口地喝酒，也不跟别人碰杯。若别人要跟他碰杯，他就懒洋洋地端起杯子，仅仅做个样子而已。其举动仍然像以前那样，简直是纹丝不差。

打斗的硝烟消失后，帐篷里又恢复了平静。我们的谈兴正浓，丝毫也没有回房间的意思，虽然王健康没有参与说话。我想，夜宵对于王健康来说，应该也是件高兴的事情，他肯定会跟我们战斗到最后吧。

我刚想罢，王健康却端起杯子，把最后的酒喝掉，起码有一两酒。

这时刘上明正要给他倒酒，他突然说，我要回房间了。

我没有挽留他，我明白他是挽留不了的。

我朝刘上明眨了眨眼，意思是扶王健康回去。

刘上明马上说，王老师，我扶你走吧。

王健康没有拒绝，站起来，佝偻着腰身，踉踉跄跄地走着。若不是刘上明紧紧地搀扶他，他似乎有随时倒地的可能。冬季的夜风吹起他的头发，像缕缕破烂的黑旗。

他老得真快。

第二天八点半吃早餐，我在餐厅寻找王健康，却没有看到他的身影。

我问刘上明，健康呢？

刘上明解释说，他昨晚上喝醉了，今天就不去参观了，他对我说要回去，我就叫车把他送回了顺庆。

哦。

我怔怔地望着空荡荡的马路，恍惚听到了悠扬的小提琴声，从防空洞里飘逸而出，向我轰然袭来……

漂泊记

1

偶尔，还看见老曹。

在小巷里缓缓地走着，黑色的脸上浮起一层漠然，散乱的白发被风一吹，吹出几丝凄凉。衣冠不整，已经看不出颜色的旧皮鞋，居然被他当成拖板，在地上呱嗒浊响。手里抓着小瓶子酒，不知是刚从家里出来还是回家。脑壳往下栽着，好像在研究地面的质量，全然不顾在身边穿梭的摩托和单车，以至于有人大吼，猪啊，你不要命了吗？

我没有跟老曹打招呼，只觉心里一酸，便匆匆走开了。

谁又能想象得到，我曾经是多么风光，当然还包括老曹。

2

想当年，多少人来到海南，简直如过江之鲫。其实区区
小岛，不能容纳这么多人。还有许多省市成立了办事处，还有
许多地方来此地办公司，还有许多工厂到这里办分厂，便可以
想见海南岛的热闹了。

老曹也去了，是代表长沙总厂去海南办厂子，地点在龙
昆南路。厂里面积很大，房子也很多，都是那种简易房，除了
车间，还空出许多房子。厂子生产塑料制品，本来老曹是想在
这个岛上大显身手，给厂里赚它几个亿，也不愧对厂里对他的
重用吧。

来海南的人，听说有十万之众，害得许多人无栖身之地，
宾馆也罢，招待所也罢，停泊的轮船也罢，甚至连地下室也是
人满为患，男女混杂。幸亏此地的气候不错，每到晚上许多人
为了节省几个钱，干脆就睡在公园或操场上，做起了大海淘金
的美梦。

老曹这辈子是头次出远门，再说他的家乡观念太浓，看
到这么多人席地而睡，不免有了许多同情，尤其是听说对方是
长沙人，或者说是湖南人，只要是来求他的，他居然全单照
收，没有丝毫犹豫。哦，那你们就睡到厂来吧，只是太简陋

了。语气中竟然还含有许多抱歉。所以那些没有找到工作的，暂时没有栖息地的，听说塑料制品厂有个好心肠的老曹，大家便纷纷冲他而来，像投奔某个栖息圣地。这样老曹的厂子简直成了湖南人的大本营，一时间甚是热闹。如果厂里有人说闲话，说这里成了收容所，老曹便会冲着那个人说，哎，你是厂长，还是我是厂长？把对方逼得哑口无言。

老曹真是天下少有的好人，厂房多，况且气候不错，为了安排人家住宿，还买来许多席子，一字铺开，真的像难民收容所。当然有人找到了工作，道个谢便离开了。有的人呢，干脆把这里当成了自己的家，况且又不要做事。老曹也不催他们走，你说天下哪有这般好事。

这是老曹的大度所致。他还指示厨房增加人手，免费供应饭菜，虽然饭菜的质量不算上乘，早餐面条包子，中晚餐白菜萝卜（含有肉片），这对于寄宿者来说，已是天大的便宜了，所以无人不说老曹的好话。

其中被老曹收留的，还有一对年轻夫妻，男的姓刘，女的姓曾。夫妻在厂里住了几天，便对老曹说，他们不想在这里吃闲饭，打算在厂门外搞个门面，专卖米油之类，却苦于没有资金，希望老曹能助他们一把。老曹觉得这对夫妻很不错，属于脑壳灵活之人，属于勤劳之人，便说那好办，门面是厂里的，不要你们租金，你们先去进货吧，货款暂时挂到我账上，等你们赚了钱再说吧。刘曾夫妻感激不已，连称老曹是救命恩人。刘曾夫妻的油米铺子办了大半年，生意很不错，估计赚了不少钱，却也没有主动地跟老曹说起还钱的事情。老曹由于事情繁忙，居然也忘记跟他们结账了。有一天等到他突然想起这件事时，走到门面一看，铺子早已空空如也，刘曾夫妻连钱带物，悉数一卷而逃。

老曹怔怔地哑了半天，发出一声长长的叹息。

当然这也是由于老曹财大气粗，他是总厂派来的分厂厂长，手中掌握着千万资产，暂时收留一些家乡人，还是不怎么困难的。

我跟老曹是偶然认识的。

当年我在长沙离了婚——幸亏还没有孩子——那是婆娘张小姗死活要跟我离的，她离婚的理由尤其好笑。她经常指责我说，你在单位拿那么点钱，往后肯定养不活接班人的。所以她一直要求避孕，说不愿意让接班人喝西北风。同时还言之凿凿地指责我不上进，工作多年，还是个最底层的科员，说我如果照此下去，不知哪天才能翻身得解放。总而言之，怪我既无权，又无钱，简直在逼着我去撞南墙。这个婆娘也真是做得出来，每月发工资，那些钱在我手里还没有捂热，刚进屋，她的纤纤细手便贪婪地伸出来。说实话，我的感觉极其不好，心想，这辈子如何才能跟她过下去。我们是中专同学，属于自由恋爱。还在读书时两人便有了感情，当然依我的自身条件，还是有点欠缺的，我却以无数热烈的情诗，向她发起猛烈的进攻，打败了许多对手，最后攻克了这座坚固的堡垒。她长得很俊俏，是班花。谈恋爱时她并没有如此俗气，竟然天天朗诵我的情诗，像个把真实想法潜伏在内心的特务。结婚后她却经常指责我，甚至把以前我写给她的情诗全部烧毁，并且连连骂道，骗子，骗子。有时候我不禁恼怒起来。我万万没有料到，这朵曾经的浪漫的班花，居然是这样俗气，嘴巴里说的不是权便是钱。当然我还是比较理智的。我不怪天，也不怪地，只怪我眼珠子瞎了，结婚前没有把这个既要权又要钱的女人看透。

不过想想也是，我爷娘在乡下，还有两个弟弟，我如果再不发狠，爷娘就指望不上我了。我读书出来，希望今后能成为家里的顶梁柱，而像目前这个样子，恐怕连根杂草都算不上。跟婆娘离婚时，正当海南搞开发，老子牙齿一咬，连个好端端的工作也不要了，决心去小岛上闯一闯。如果闯出来了，那是我的命；若没有闯出来，那也是我的命。

我厚着脸皮，向朋友借了些钱，决心去海南拼搏一番。

我这个人向来比较谨慎，也比较务实，到海南一不找工作，二不投机取巧，三不骗吃骗喝，四不上当受骗。一上岛我便在海口考察了整整三天，发现吃饭的人太多了，而且手中无钱者为多，所以我决定办个小餐馆，尽量做到物美价廉，以满足求职者们的需求。我没有任何犹豫，马上租门面，招服务员和厨师，买桌椅碗筷，买厨房炊具。我还给这个小餐馆取名叫"好再来"。当时我连个商量的人都没有，只能靠自己动脑筋。说实话，我还是佩服自己敏锐的眼光。的确是这样的。"好再来"一开张，我的财运马上来了，生意很不错。尤其到晚上，我的夜宵摊子竟然摆了百多米长，像苗族的千人长桌宴，热闹非凡。我每天自己进菜，有时候忙起来，我不仅要收钱，还要帮着收拾碗筷，择菜洗菜，甚至掌勺炒菜，好像天生就是个开餐馆的人。

这要感谢我的前妻，她天天逼着我搞饭菜，把我培养成一个优秀的厨师兼小工。现在这是我发挥特长的时候到了。虽说每天很累，看到米米（钱）哗啦啦地流进口袋，我还是非常高兴的。如果我还在上班，那么一辈子也看不到这么多米米。每天数米米的时候，那是我最为惬意之时。我一边数着钱，一边喃喃自语，你是个好东西嘞米米，你是个好东西嘞米米。

老曹或许是听说"好再来"的饭菜不错吧，且价格便宜，所以几乎天天来吃晚饭（后来我不太理解的是，他明明自己有食堂，为什么还要外出吃饭）。听我说湖南话，他高兴死了，敬我喝酒，说，老板，我们是老乡嘞。看到他这样热情，我总是在他身边多坐一下，陪他喝几杯酒。其他客人我是不太管的，我的时间太紧张了，他却不一样，是我很铁的衣食父母。

我们便这样认识了，却还是没有深交，只晓得他是来海南办塑料制品厂的，只觉得这个人还大气豪爽，每次跟着他来吃饭怕有十多人，又都是由他买单。老曹吃罢饭，一只手招呼我，饶有风趣地说，老板老乡，买单买单。一只手便往口袋里摸钱包。

那时候，他顶多算是我的一个顾客而已，一个老乡而已。却没有想到，在今后的日子里，我们是一条战壕里生死之交的战友。

我的财运竟然如此之好，不是小好，而是大好。他娘的，这不是在卖力赚钱，简直就是在轻松地捡钱。在海南岛，许多人不仅工作没有找到，还亏得一塌糊涂，无奈之下，便铩羽而归，赔了夫人又折兵。其种种遭遇和悲剧，像海水般灌进我耳里。

我和老曹的关系仅仅限于饭桌上。他每次喝罢酒，买完单，便大声地说，哎，兄弟姐妹们，唱歌去吧。一伙人便像湖鸭子样，呼啦啦地走掉了。

其实我除了炒得一手好菜，还唱得一手好歌。本来我是准备考艺校的，又觉得自己的形象有点成问题，个子矮小不说，主要是脸上不是那么光滑，竟有十几粒麻子，舞台形象实在不佳，或许是出于自卑心理吧，我改考了交通学校。到海南来，在炒菜方面我得到了充分发挥，而在唱歌方面，暂时还没有得到发挥，每天忙得连屙尿的时间都没有，当然就不能去一展歌喉了。米米这个东西吧，对我的诱惑实在是太大了，每次数米米时，张小姗的形象便赫然地出现在我眼前，她甚至还在指责我，还在谩骂我。所以我经常自言自语，张小姗，你如今再指责老子看看，老子要甩一坨钱磕死你。

至于唱歌，以后会有时间的，却不是现在。

现在我只能边做事边轻轻地哼几句而已。

3

三年后我总算赚了点钱，便觉得自己像个财主了。

这时我不想再做个小老板兼小工了，每天忙得像只飞速转动的陀螺。我有了更大的想法，要当个真正的老板。所以我租下一个很大的门面，办了个酒店。当然这个酒店的名字，绝对不能叫"好再来"了，要取就要取大气一点的。想来想去，就叫"湘军大酒店"吧。说实话我是有点野心的，要在海南让湘菜的旗帜高高飘扬，老子就是海南岛上的湘菜第一人。

从此，我跟老曹的深交也就拉开了序幕。

酒店装修到一半时，我才突然发现少了钱，他娘的，我真是忙晕了脑壳。装修尚未完工，又无极好的朋友，再说借钱是很难开口的。当时我急得上火。那天我独自躺在沙滩上，仰望着蓝天白云，把所有认识的人，在脑壳里过滤一遍，发现唯有老曹还勉强可以开口。事到如今，自己站在了火山口上。虽然老曹的口碑人人皆知，而我借的不是一笔小数。既然事已如此，我也只有硬着头皮向他开口了。

我匆匆地跑到他厂里，老曹一看，大惊，说，兄弟，你来做什么？是想做塑料制品生意吧？

我死死地望着他，半天没有开口，我担心他不会借钱给我。

老曹被我这样一望，竟然有点紧张起来，结结巴巴地说，兄弟，你、你、你没有病吧？哦，是酒店碰到难题了吧？

我这才说，老曹，算你猜对了，装修少了米米。

他听罢，哦一声，没有拒绝，这让我看到了一丝希望。

他接过我的烟，一口口抽起来，像个标准的品烟师，眼睛呆呆地望着地上。

我心里很焦急，顺着他的目光也看着地上，希望地面上能长出一大堆钱来。我生怕他不愿意借，恨不得撬开他的嘴巴。

老曹似乎很有耐心，也似乎在跟我比意志，看谁的心理先崩溃。直到抽完烟，他才抬头说，兄弟，今天不行，让我想一晚再说吧。又举起像剪刀似的手指头，说，二十万够不够？

虽然钱还没有借给我，有了他这句话，我却是感激涕零了，连连说，够了，够了。

当年的二十万元是个什么概念，你们想都想不到。

老曹虽然答应借钱，我却不清楚他说的这一晚是不是托词。我明白一晚的变数很大，一个夜晚一切都有可能被颠覆。

那一晚我睡不着觉，我睁着血红的眼睛，看着天色渐渐发亮。我多么想把黑夜留下来，让老曹能有更多的时间去考虑。

第二天上午，我在焦急地等着老曹的好消息，其实屁消息也没有。我蠢蠢地站在大门口，像叫花子似的看着人来人往的马路，希望施舍者老曹立即出现，以解我燃眉之急。许多的士在大门口停车，走出来的却不是老曹。我在心里不断地呼喊，老曹，你快点来吧，快来救我一命吧。我这个话并没有说错。如果装修一再拖延，资金都丢进去了，这就是要我的命嘞。

仔细想想，老曹如果能借钱给我，那是他豪气；如果不借给我，我也没有指责他的理由。毕竟我们只是萍水相逢，他没有理由要借给我。再说吧，那时的骗子太多，携款而逃的事件屡屡发生，老曹肯定是很清楚的。

我一时纠结，一时释怀。时间却像气势汹汹的敌人，让我紧张得不知所措，四肢冰凉。

我没有吃中饭，也吃不下，一根根抽烟，脑壳被烟雾笼罩，简直像海市蜃楼。我像被鬼捉到似的，在材料散乱的酒店里，上上下下地慌走着，也不晓得要寻找什么。

到下午三点半，老曹仍然没有出现。哎呀，他没有忘记这个承诺吧。我多次想打电话催他，又觉得不太合适，那样像个催命鬼，只会引起老曹的反感。

包工队的阿明又来问我要钱买材料，他伸出一只戴着金戒指的手，说，吴老板，你再不拿钱出来，明天就要停工了哦。

我无奈地拍拍口袋，好像里面还有米米。嘴巴上却说，莫急，莫急，钱快要来了。这是我的应付之辞，其实我的心脏都快停止跳动了。老曹说他需要考虑一个晚上，现在已经快一个昼夜了，也没有他的鬼影子。如果他借口说有急事已回长沙，我也不能捡石头打天呀。

这时一辆红色的士停在酒店门口，我扭过脑壳一看，哈哈，下车的竟是老曹，我的四肢突然有了温度。

他从容不迫地走出来，手里提一个黑色塑料袋，简直像个送菜的农民。

我明白他是送米米来了。当时我差点流泪了，这个老曹是我的救命恩人。

我赶紧笑着对阿明说，你等一下吧。

我把老曹请进尚未装修的包厢里，奉根烟给他。老曹像生产队长似的，把烟夹在耳朵上，黑色塑料袋往桌子上一摆，说，兄弟，这里面有二十万，你数数吧。

我惊喜地说，不要数了，真是太感谢你了。哥哥，你这是雪中送炭嘞。

我马上打借条，老曹拿过借条仔细地看了看，小心地放进口袋里，茶也没有喝一口，便说，我要走了，还有事。

又说，兄弟，哥哥我没有其他要求，只盼你快点还给我，这是公款嘞。

走到门口，又轻轻地说，我昨晚一夜都没有闭眼睛嘞。

我说，我理解，我理解。

有了老曹送来的米米，酒店的装修便如期保质地完成了。

开张那天，我动用了彩色大气球、大幅竖标，还买了许多花篮，我甚至还虚构那些花篮是许多公司送来的，以壮声势。我还叫四个人专门放鞭炮，那种热闹应该是前所未有的。我摆了几十桌，请来方方面面的人物，当然少不了老曹，我甚至还请他坐上席，然后放肆敬他的酒，把他灌得迷迷糊糊的。

他一边高兴地喝着酒，一边说，我喝不得了嘞，喝不得了嘞。

其实我趁装修之机，回到了长沙，重金聘请了某个湘菜大师。我这个人是追求完美的，要么就不搞，要搞就搞大的。

而且我还把所有的服务员培训了一次，由我亲自上课。我说，我是单枪匹马来闯海南的，你们也是单枪匹马，为什么我今天能有这个大场合？那就是古人说过的，吃得苦中苦，方为人上人。我相信各位只要努力，也一定会成为人上人的。所以我们要扭成一股绳，那就是要把食客都吸引到我们店子里来，让他们消费消费再消费。当然这需要我们具有一流的服务、一流的美食。我在这里承诺，本董事长兼总经理是不会亏待诸位的。

我还在服务员里面，挑选两个俊俏妹子做迎宾小姐，这也是我在海南第一个使用的招数，饭店有迎宾小姐这是其他酒店都没有想到的，而我吴某人就想到了。

也是我吴某人的运气来了，祖宗坟上冒青烟，酒店生意出乎意料地好，每天客人不断，似流水。好像是来我吴某人酒店来捡米米的，其实是我在捡他们的米米。

我还在大堂立了一尊高大的财神菩萨，香火不断，我天天烧香磕头。本来我是不相信这个的，可能是出于一种心理上的需要吧，加上其他店家都供着菩萨，所以我也供了一尊，我对他老人家简直是顶礼膜拜。

酒店能有今天的辉煌，我这辈子不记住老曹的恩情，那肯定是不行的。

至于借老曹的那二十万元，他从来也没有催过我，这样火爆的酒店，肯定是不用催的。

半年后我便如数地还给了他。

还钱那天，我请老曹喝酒，并对他千恩万谢，还拿出三万块钱作为感谢费。

老曹好像是他借了我的米米，坚决不要感谢费，居然感激地说，兄弟，你这个人很讲信用，你晓得吧，这半年里我没有睡过一个好觉嘞。

我听罢，内心不由一怔。

我仅仅只有那个晚上没有睡好，他居然半年都没有睡好，我真是愧对于他。所以我固执地把三万块钱推到他面前，说，你收也得收，不收也得收。

我想，这也是我和老曹的运气都不错吧，如果我的酒店面临亏损，甚至破产关门，老曹那二十万元便不知如何归位了。如果被总厂查出来，以挪用治罪，那就害了老曹一辈子。想想，我都有些后怕。

不用说，老曹现在又是我这里的常客，我每次叫服务员给他打折，而且不是打一点点折，打得老曹都不好意思了，连连说，这要不得啰，这要不得啰。

我说，怎么要不得？如果没有你那二十万，就没有我这个酒店的今天。

服务员不知我和老曹的深厚情谊，每次悄悄地对我说，吴董，没有像你这样给他打折的吧，那酒店还要不要开了？

我淡淡一笑，说，谢谢你的提醒，我心里明白。

为了适应顾客的口味，我又增添了海鲜业务，海鲜的利润更加可观。顾客要吃湘菜有湘菜，要吃海鲜有海鲜，我开玩笑说，我要把酒店办成双打冠军。这样一来生意更加火爆了。

刚开张那阵子，我一直守在酒店，主要是担心有人闹事，毕竟那时候海南岛的治安比较乱。我办小餐馆的时候，来吵事的人还并不多，毕竟消费很低。办起大酒店后，情况便不一样了，所谓树大招风。吃饭的人形形色色，有故意刁难的，有发酒疯的，也有来敲诈的，真是烦死人。我这个人历来主张和气生财，在一般情况下，也就退让妥协，尽管我已经做好了拼命的准备，却还是一让再让。

其实外人有所不知，我的队伍蔚为可观，而且都是我的亲戚或老乡，光是身强力壮的后生就有三十多号，他们来自老家的武术之乡，个个练了几路毛拳，所以要说打架，我是不害怕的。当然如果没有意外，他们都各司其职，进菜啦，帮厨啦，传菜啦，当保安啦，等等，个个像潜伏的特种兵。

有一次，有几个小混混吃罢饭，忽然从盘子里拿出一只蟋蟀，气愤地对服务员说，娘的，你们是怎么开酒店的？快叫你们老板来，不仅要免单，还要加倍赔偿。

这显然是来打油伙的。

服务员说，那你们怎么不早说呢？现在吃完了，又说有蟋蟀，这恐怕不是我们菜里的吧？

小混混们突然把盘子往地上砰地一摔，说，你是说我们故意的吗？老子饶不了你。说罢，一声喊，冲上去暴打服务员。

总台立即打我的电话。

我正在楼上搓麻将，把牌哗啦一推，立即冲下来，服务员阿莉被打得头破血流，下巴像滴血的水龙头，地上的碗碟狼藉一片。

我强压着内心的怒火，并没有马上下令动武，叫其他服务员赶紧给阿莉清洗伤口，然后冷静地问阿莉究竟怎么回事，阿莉哭哭啼啼地说明了情况，我让两个服务员陪着阿莉去医院。然后狠狠地望了那几个小混混一眼，这时我内心压抑的火焰，终于喷射出来，一声令下，他娘的，给老子打。

三十多个后生闻讯而来，抄家伙冲上去，把那几个小混混一顿猛打，打得他们喊娘叫爷，其中一个人还被打断了左手，然后逃之夭夭。临出门时，他们还恶狠狠地说，姓吴的，你就等着吧。

我冷冷一笑，说，老子每天在这里等着你们。

然后我又频频作揖，对在大厅吃饭的客人们说，很抱歉，让你们受惊了，今晚的单全免。

客人们都说，吴老板，谢谢啦。又说，这样的烂仔打得好。

从那天起，我叫手下人做好血战的准备，我就不相信制伏不了这帮人，老子虽然守店，也不害怕这些打油伙的无赖。我还叫手下人把棍棒刀子分散藏至于服务台，或菩萨背后，或门口的花坛里，或大门后面，这样一旦动武，拿棍棒刀子就很方便了。以至于对方都不明白，这些武器是从哪里拿出来的。另外我还在酒店大门后面安装了电铃，让两个迎宾小姐提高警惕，一旦发现有人持刀拿棍向酒店走来，就要马上按电铃。

这场血战打出了我"湘军大酒店"的威风，许多人都晓得我吴某人的厉害，纷纷说，哎呀，那个姓吴的湖南人，蛮厉害的嘞。

听到这些话，我不仅没有一丝高兴，反而叹息一声。其实人人都是一条命，谁都害怕嘞，我也害怕呀，只不过是为了站住脚跟，不能不以暴制暴。

有意思的是，后来那帮小混混居然还来拜见我，他们竖起大拇指，说，吴老板，你是条好汉，我们认你，以后有什么麻烦，你只要一声令下，兄弟们会在所不惜。

他们既然有这种态度，我也不能冷落他们，便请他们喝酒。

临走时我拿出一万块钱，说，很抱歉兄弟们，这点小意思，算是上次的医疗费吧。

他们摇着手说，吴老板，这个钱我们绝对不能收哦。

我硬是塞到他们手里，说，一桩事了一桩事，你们既然认我吴某人，那就收下吧。

从此，故意来刁难的人就少多了。

当然也不是说没有。其实有些人比小混混还要讨厌，那就是某些掌握一点小权力的人。对于这些人，你打又打不得，骂又骂不得。其实我宁愿跟他们血战一场，那样要痛快得多。他们就像身上的虱婆，搞得你痛苦不堪，又无从下手。

4

对了，我曾经说过我喜欢唱歌。

当初开鸡毛小店的时候，我没有时间唱歌。现在酒店的事情已经理顺了，工商、税务、派出所也摆平了，那些小混混也闹不起来了，我也不必天天守在酒店了，便经常叫老曹出去喝酒唱歌。他居然每回必应，从来也没有拒绝过。看来喝酒唱歌是我们的共同爱好，我这才对老曹有了更多的了解。

老曹很有味，我仅仅举几例，便可以说明。

有一次我们在夜宵摊子喝酒，打边炉。在海岛上吃夜宵，真是太惬意了，海风徐徐吹拂，能把一天的疲惫吹走。旁边有几个擦皮鞋的女人，在静静地等着生意。

我说，老曹，你也擦擦皮鞋吧，你的皮鞋也太脏了，灰扑扑的，像从垃圾堆里捡来的。

老曹不好意思地看一眼脚下，说，好，那就擦吧。

我叫个擦皮鞋的黑瘦女人过来，指着老曹说，这位先生要擦鞋子。

黑瘦女人把拖鞋摆在老曹脚下，然后拿着皮鞋坐到一边去擦。

我们继续喝酒、聊天，很是愉悦。喝至深夜，我们准备回去了。

这时老曹叫那个黑瘦女人把皮鞋拿来。

我们一看，哎呀，不对呀，皮鞋竟是一只黑色的，一只棕色的。

我明白这肯定是老曹的马虎，并不是黑瘦女人的过错。

我故意逗那个黑瘦女人，喂，你搞错了，人家分明是黑皮鞋，你怎么拿只棕色的来了？

黑瘦女人一看，也蒙了，是呀，的确是错了。

黑瘦女人急忙在那些桌子下面四处寻找，看是否有人穿错了。

找了半天，黑瘦女人慌张地说，没有啊。

我说，没有找到，那你要赔嘞。

她几乎要哭了，说，我也不晓得是怎么搞的。

我觉得戏唱到这里也差不多了，便说，算了，下次再搞错，肯定要你赔。

走到路上，我说了老曹一句，你娘的，也太糊涂了吧。

老曹抓了抓脑壳，嘿嘿笑。

还是说鞋子的事吧。

有次老曹买了双新皮鞋，穿了五天，他总是对我说，兄弟，哥哥我没有穿新皮鞋的福气。

我说，有什么问题吗？

他说，我分明穿四十码的，这双四十码的皮鞋，不晓得怎么这样挤脚，痛死我了。

我说，那不可能，你几十岁的人了，你那双猪脚不可能还在长吧。

老曹皱着眉头，痛苦地说，退又退不回去，不然退给商店算了。

我觉得有点好奇，叫他脱下来，然后我伸手往鞋子里一摸，天老爷，这个老曹竟然糊涂到这种地步，连鞋模子都没有拿出来。

这让我觉得既好气，又好笑，把两个鞋模子拿出来，砰地在老曹眼前一摆，说，哥哥，你也太乱弹琴了吧。

老曹一看，害羞地笑了笑，简直像个细妹子。

所以我觉得老曹这个人有点稀里糊涂，生活中的细节都马虎了事，那么大的厂子，肯定也不能摆平。

我的担心不幸而言中。果然没过多久，老曹因为管理不善，厂子亏损很厉害，长沙方面便对他有了削职之意。老曹也意识到了，急忙跑来跟我商量。

他说，我不想回长沙，当厂长的人削职返乡，实在没有脸面见江东父老。

我懂得他的意思，便说，那哥哥你就跟我一起搞吧，只要你愿意。

老曹拍拍脑壳，说，哎呀，还是让我考虑一个晚上吧。

他娘的，看来这是他的习惯，凡是遇到重大决策，他都要考虑一个晚上。

谁知第二天上午，他就把行李拿来了，棕色的蛇皮大包，像只狗熊往地上一放，有些悲壮地说，兄弟，哥哥就上你这条贼船吧。

这让我大为吃惊，这个重大的决定他也考虑得太快了吧，应该还要认真地考虑考虑呀。须知，我这是私人酒店呀。

我说，哎，哥哥，你不会后悔吧？

老曹摇着脑壳，拍着胸膛说，我后什么悔？人就是拼一辈子呀。

我喜欢听这句话。

总之，我欠了老曹的情，现在是还情的时候到了。

我毫不犹豫地让他参了股，并封他为副总经理，还让手下人给他印名片。

这个老曹好像没有当过老板，他娘的，见人便递名片，哪怕对方是个鬼，他也笑眯眯地递张名片，好像名片不要钱似的，也好像是北方的片片白雪。

我笑他，哥哥，你毕竟也是当过厂长的人，不要像个细把戏嘞。

老曹说，嘿嘿，哥哥现在是从奴隶到将军了，你说我能不高兴吗？发几张名片，不算什么吧。

也有道理。

酒店每天有可观的收入，老曹总是笑呵呵的，说，他娘的，还是给自己做事痛快，公家的事情你想做都做不动，我看它已经是匹老马了。又说，兄弟，不论你开那个小店子，还是开"湘军大酒店"，财运都很好嘞，我这辈子就跟着你发点小财看看。

我把烟屁股一弹，说，这不是什么问题吧。

老曹的确不错，很勤快，也很主动，见子打子。哪里一时缺了人手，他便毫不迟疑地顶上去，像个候补人员，不像个副总。他这副样子很像我以前开小店的时候，什么事情都顶上去。为此我很感动，也劝过他，哥哥，你不必亲自动手，我雇了这么多人是做什么的，不是叫他们来吃闲饭的，也不是叫他们来岛上吹海风的。

　　老曹诚恳地说，这是我们自己的店子，动动手也没有关系呀，再说我已经习惯了，不动手，心里就过不得。

　　我不再劝了。

　　幸亏老曹穿着不太讲究，还真像个打工的，那就让他去打吧。

　　说说唱歌的事情吧。

　　我们一般都是去歌厅，不要包厢。到歌厅唱歌，既能自己一展歌喉，也能欣赏人家唱歌，这便是我们这类较有水平的"业余歌唱家"的要求。我没有想到，去歌厅一看，民间竟然有这么多的优秀歌手，每次都让我听得十分感动。当然啰，也不排除某些公鸭嗓子，或是走调走到八十里路之外的人。其实这些人可以去包厢糟蹋自己，不必在歌厅发出嘈杂的声音，影响别人的情绪。

　　老曹勤于做事的习惯是很好的，生活习惯却很不好。

　　这个家伙每次到歌厅坐下来，竟然喜欢把皮鞋脱掉，盘腿缩在椅子上，并且还散发出一股异味。我说过他多次，你不要像个农民样的，这不是坐在稻田边，或牛栏屋门口，你是坐在歌厅里嘞。

这个老曹，叫我怎么说呢，总是善于忘记。坐下来皮鞋一脱，两条腿便像鸳鸯般盘起来。我真是拿他没有办法，只好默默地忍受旁人投来的鄙夷的目光。有时候，我真想把他的皮鞋和脚板用透明胶粘起来，让他的恶习不能得逞。我每次提醒老曹，他便羞涩地微微一笑，双脚像两条老迈的蛇，慢慢地伸进皮鞋里。而我可以向上天保证，不到三分钟，他又会悄悄地脱掉皮鞋。

若以歌喉而论，我和老曹各有千秋。

他喜欢唱俄罗斯歌曲，像《红莓花儿开》，像《莫斯科郊外的晚上》，像《小路》，像《喀秋莎》，等等。其声音浑厚，音域宽广，很有那么一点味道。我则喜欢唱《黄土高坡》，还有《流浪者之歌》，还有《啊，朋友再见》，等等，也有凄凉悲伤沧桑之意。而且我的歌喉具有一种特别的味道——这不是我自夸，是歌厅的人们给予我的评价。

老曹唱歌很容易动感情，每唱必流泪，在彩灯的照射下，泪水像条条变色的小溪，弯弯曲曲地往下流。我虽然不太流泪，而唱到动情时，喉咙还是有点哽咽。老曹唱歌总喜欢把话筒贴紧嘴巴，像肥猪啃萝卜，恨不得把它吞进去。我也说过他多次，我说，老曹，话筒不是拿来吃的，上面很不卫生，有细菌嘞，猪啊。可他就是不听劝。

平时我除了唱唱歌，还喜欢搓搓麻将。我觉得当老板的感觉真不一样，只要店里无事，我几乎每天都是轻松的、愉快的、惬意的。当然我也只跟店里的人搓麻将。老曹呢，也喜欢搓，只是小打小闹而已，如果我们要打大的，他便举起双手，做投降状，坦诚地说，那我不打了，我胆子太小了，然后坐在旁边观战。我很不理解，当初他挪用公款借给我，他胆子为何那样大。

我们如果打通宵，老曹也看通宵，神色比我们上场的人还要紧张，双目鼓着。只是看着看着，瞌睡就上来了，眼皮像自动机关渐渐闭上了。在那种喧闹的场合，他居然可以打出猪婆鼾，声音很大。我既羡慕，又不耐烦，把他推醒，说，老曹，你去床铺上挺尸吧。他却不起身，闭着眼睛说，没有事的哦。

老曹打瞌睡，真是天下一绝，居然还能在梦中跟我们对话。

比如我说哈哈碰了，他说哈哈碰得好。比如我说捞海底了，他说这个海底捞得太精彩了。比如我说七小对，他说这下兄弟发财啦，等等。我原以为他没有睡熟，用手推他，竟然推不醒来。

弄得我们哭笑不得，说，哎呀，我们身边竟然有这样的瞌睡虫，估计刮台风都不会醒来。

5

经过几年的打拼，我也春风得意起来，买车买别墅。把父母也接过来了，让老人们享享清福罢。老人们的任务就是搓麻将，或看风景。当然父母也命令我早点成家，他们闹着要抱孙子。我觉得这根本就不是个问题，现在我就是讨三个婆娘也养得起。关键是我目前还不想成家，还想逍遥自在几年，或许也有离婚的阴影在作祟。总之，这个问题有点说不清楚。我两个弟弟也来了，一个管理大厅，一个管理包厢。你信不信，我还雇了两个保镖，寸步不离地跟随我。当然这也许是我心理膨胀的原因吧。在单位时，我让那些猪弄的小人看不起，老子给他们做崽做孙，现在老子要做个大爷给他们看看。所以有时候回到长沙，我便带着两个保镖，故意在原单位的人面前炫耀，还在五星级宾馆请那些跟我关系较好的原同事喝酒，至于那些关系不好的，老子就让他们吃屁去吧。

我这种显摆的状态，老曹似乎不太适应，说，兄弟，你带着保镖的，我就不必经常跟你出去了吧。

我说，为什么？

老曹的回答很有意思，他说，我比你个子高大些，也老相些，别人还以为我是老板。

我扑哧一笑，说，你当然是老板呀，你不是马仔呀。再说，我们兄弟就不必分彼此了。

老曹听罢，这才愿意跟我出去，却有意地走在我后面，像秘书，又不像秘书。

有一天，服务员对我说，吴董，有个人说是你的老乡，硬要见见你，他在门口等了半天。

我这个人是很有家乡观念的，尤其是对来自我那个村子的人。当然也要看是什么人。我在前面说过，我招来了许多人，大多数人就是老乡。

我说，你叫他进来吧。

来者走进门，我一看，是个地道的农民，穿着破烂衣服，头发乱糟糟的，走路一拐一拐，左腿似乎有点毛病。

他居然叫我的小名，牛伢子，你还认得出我吗？

多年没见过面了，我看了半天，才惊喜地说，哦，你就是宝生呀。

我走上前去，激动地握住他的手，说，容我们等下再说吧。然后赶紧叫槽子和章子带他去买衣服，洗澡、理发。

服务员不明白我和宝生是什么关系，堂堂的老板怎么对一个乡下农民如此热情。她们怔怔地望着我，我也没有解释，脑壳里却涌出许多不堪回忆的镜头来。

"文革"中我父母因为出身不好遭了厄运，被关了起来。我们兄弟三人简直像流浪儿，整天在大山里转悠，抓鸟、抓麻蝈（青蛙），甚至抓蛇，烧熟果腹，以躲避那些歧视的目光。宝生很善良，经常送点吃的东西给我们，或是红薯，或是荞麦粑粑，还劝我们要想开点，甚至愤怒地指责造反派。后来村里的造反派放出了危险的信号，扬言要收拾我父母。一天夜里宝生趁着看守的人睡熟了，便悄悄地把我父母放了出来，叫他们快点逃跑。这样我父母才得以逃生，逃到东北我姨妈家里，算是躲过了一劫。这样的人我是不能忘记的。

等到宝生他们回到酒店，宝生完全变了样子，头发梳得整整齐齐的，新衣服也很合身。我高兴地说，宝生，你就在我店里做点事吧。

他感激地说，牛伢子，不不，吴老板，那太谢谢你了。

我递根烟给他，严肃地说，在酒店，谁都叫我吴老板，或吴董、吴总，而你不能叫，你还是叫我牛伢子吧，我觉得这样亲切多了。

根据宝生的身体状况，我分配他看管鱼箱，这个工作虽然不是那么轻松，但也不算重，这也算是我对他的回报吧。宝生之所以来海南，是因为生活太困难了，又听说我在海南发了大财，所以就想来投靠我。他说，像他这样的身体，想到我这里做事，担心我不会收他。我说，谁都可以不收，如果我不收你，天理不容。

那几天晚上，我和宝生喝酒聊天，说起种种痛苦而温暖的往事，唏嘘不已。我还带他去见我的父母，我父母对他更是感激有加，对我说，牛伢子，你还要提高宝生的工资，其他人是不能跟他相比的。

当然有类人我是不会接受的。

像我原先单位的李旦生，夫妇俩也来海南找我，希望能在我这里做事。李旦生这个家伙我历来就对他没有好印象，是个马屁精不说，尤其可恨的是，他竟然欺下瞒上，曾经给我穿过多次小鞋。每次还当众讽刺我，说，你一个小小的中专生，不算什么，比不上我这个大老粗，我已经是副科长了，你连个副股级都不是。还有，我的个子不高，他却经常叫我吴矮子，一点尊重人的意识都没有。我不明白自己究竟哪里得罪了他，或许我是个中专生吧。其实在刚刚开放的年代，中专生也是比较牛气的。当然如果放到现在，他再这样侮辱老子，老子立即叫人把他拖到沙滩上，狠狠地捶他一顿。他娘的，没有想到他还会有今天，居然还厚着脸皮，想来我这里落脚。

我没有叫服务员上茶，烟也没有递给他，板着脸说，老李，我只是开个鸡毛小店，糊几张口而已，只是人手早已满了，你要是早来几个月，说不定我还可以安排你们到厨房洗碗。

李旦生夫妇听罢，满脸绯红，明白我在羞辱他们。

李旦生尴尬地说，哦哦，那我们再去找找吧。说罢，便灰溜溜地走掉了。

我明白自己说话很刻薄，而对于这种人，若不刻薄一点，是不可能的。

我不晓得，李旦生夫妇为何丢掉饭碗来海南，当然肯定是想来发财的。

还让我没有想到的是，那年秋天我的前妻张小姗也来海南了。

当她出现在我眼前的时候，我明白这都是家乡媒体惹的祸。当时省电视台，还有报纸杂志，经常到海南来对我轮番轰炸，说我是湘军闯海南的佼佼者。说实话，我也是比较虚荣的，也有点骄傲，媒体要轰炸那就让他们轰炸吧，我不过是请点客、喝点酒，给他们买点海产品而已，双方皆大欢喜。张小姗肯定是看到了这些报道，便萌发了复婚的念头吧。其实不瞒你说，我早已有了女人，贵州铜仁人，叫王芳。平时我并不叫她的名字，亲切地叫她驴子。她来海南前是艺校的学生，年纪小得很，歌唱得很好。身体苗条，眼睛大，脸上光洁如瓷，很是可爱。当年我如果也考艺校的话，那就跟她吃同一碗饭了。我是在歌厅认识她的，她靠唱歌赚钱，每晚上跑场子。那天晚上她唱了一曲《罗娜》，竟然唱得我泪如雨下（这极有可能是我在歌厅第一次落泪），老曹也哽咽起来，不停地说，哎呀，太感人了，哎呀，太感人了。

尤其是唱到结尾时，王芳突然一下子伏卧在地，一手拿着话筒，一手往空中伸去，大喊，罗娜——哎呀，真是太动人了。

歌厅的掌声是可想而知的。这时我顾不得老曹的感受，当即送花上去，花里插着五百块钱，然后小声地在她耳边说，小妹，跟我走吧。

也许是我们有缘分吧，当天夜里王芳便跟我走了。我们三个人吃罢夜宵，我便把她带到宾馆。本来我想把她直接带回家的，又担心父母的思想不开放，讲我的啰唆话。

我问她租了房子没有，她说租了。

我说，以后的租金由我来出吧。

我笑着问道，你不怕我拐卖你呀？

王芳明白我是在说笑话，便说，当时我看见只有你一个人流泪，就觉得你是个善良的男人。

我说，你真是个驴子，一点害怕也没有。好了，以后就跟着我吧，我就是你的哥哥。

就这样王芳没有去歌舞厅跑场子了，如果嗓子发痒了，要去歌厅韵味，也是跟我一起去的。我也没有叫她做事，担心她一人在家孤独，我还给她买了一条白色的小狗，叫小溪。王芳很喜欢小溪，走到哪里都带着它。我们虽说没有结婚，王芳也没有催过我——她以为我是有家室的吧——却不可能有张小姗的插足之地了。

我的情感空白已经让王芳填满了。

当张小姗出现在"湘军大酒店"时，刚叫我一声吴晓山，便泪水汪汪的了。几年不见，她枯萎得不成样子了，像没有水分的小菜，脸上的斑痕像幅劣质地图。她穿条白裙子，裙子上的皱纹几乎可以跟她脸上的皱纹媲美。肩膀上挂着一顶金黄色草帽，包里插着的一瓶露出半截的矿泉水，像个地质队员。

我心里突然生出怜悯之意，也很冷静，我明白她的想法，故意问，你怎么来了？

张小姗放下包，说，来看看你，还不行吗？

我说，当然可以，我这里是八仙桌一张，招待十六方，来的都是客，过后不思量。

我觉得跟张小姗已无话可说，为了避免尴尬，我朝老曹暗暗地使个眼色。老曹会意，走到一边打电话叫王芳来。

没过多久，王芳牵着小溪来了。小溪看到我，兴奋地朝我扑来，呜呜地叫着。小溪极其聪明，我每次出门如果忘记带包，小溪就会咬着我的裤脚，拼命地提醒我。

我一边抚摸着小溪，一边介绍说，这是王芳，我老婆。

我是第一次这样叫她，目的就是要让张小姗死心。

然后我对王芳说，这是我的前妻，张小姗。

王芳大方多了，叫声张姐，张小姗哑了哑，尴尬地苦笑起来。

现在我只能把张小姗当作普通朋友看待了，她曾经对我的讽刺和奚落，又在我耳边轰然响起，像阵阵刺耳的音乐。当然人家也是天遥地远地来到这里，一个男子汉不必过于计较，不然就显得太没有气度了。

我有些炫耀地说，我们带你去看看吧。

我和王芳带着她参观酒店。张小姗上上下下地仔细观看，几乎每个包厢都要推开门瞄上一眼，嘴里哎呀哎呀地惊叹着。然后我们又带她参观我的车子，那是八十万崭新的宝马，她也是前前后后地摸一摸，坐在车子里，也是哎呀哎呀地惊叹起来。然后我们又带她参观我的别墅（没有让她跟我父母见面，担心我父母对她发脾气），她更是里里外外地看着、摸着，嘴里哎呀哎呀地惊叹。总之一路惊叹，简直像个乡巴佬。在她那无数的惊叹里，我听得出有许多的后悔，后悔自己目光短浅。

趁着王芳去卫生间，张小姗忽然小声地说，我还没有结婚，心里一直很愧疚，这次来是想跟你复婚的。

我淡淡地说，那是不可能的，你也看到我老婆了吧。张小姗，过去的就过去了，让我们都忘记吧。我简直像个大度的政治家。

这时王芳走出来，对我说，吴哥，你陪着张姐吃个饭吧，我还有事情要出去一下。

我明白这便是王芳的聪明之处，她明白我跟张小姗还有话要说，便有意留个空间给我们。当然我也不愚蠢，为了以示自己的清白，不给王芳造成不必要的误会，便让懂子和章子跟在我身边，还包括老曹先生。

我们在包厢里坐下来，这时张小姗从包里拿出一个纸包着的东西递给我。

我打开一看，原来是我最喜欢的烟斗，呈棕黑色。这是张小姗不知从何人手里得到的，当年作为定情物送给我的，谁知她还保存着。这无疑勾起了我美好的回忆，它是我当年唯一可以炫耀的东西。每当我心情好的时候，我便握着烟斗，像个大人物一样，在狭小的屋里走来走去，说，牛奶会有的，面包也会有的。

此时我拿着烟斗，怔怔地看一阵子，淡淡一笑，对张小姗说，谢谢你，还是物归原主吧，我现在不需要烟斗了。我把它在桌子上一推，烟斗像个怪物似的滑到她面前。

张小姗明白于事无补，气恼地把烟斗放进包里。吃饭时，吃着吃着，竟然耍赖，厚着脸皮，筷子一摔，全然不顾旁边的人，哭哭啼啼地说，吴晓山，那你要赔偿我的青春损失费。

我一时哑然，张小姗居然说出这种话来。我心里十分恼怒，却装出冷静的样子，微笑地看着她，看她还能如何表演。

其实我只要一个眼色，懵子和章子便会把她拖出去，还会威胁道，你信不信，我们要把你丢到海里喂鱼——平时他们对于那些捣蛋的人，就是这么说的——当然我不会对前妻这么做，却对她所说的青春损失费感到好奇，也许是我孤陋寡闻吧，那还是我第一次听见"青春损失费"这个词。我抽着烟，怔了怔，不明白这个词怎么会从她嘴巴里吐出来。

老曹急忙解围，劝导张小姗，小张，你这样吵闹，会让人笑话的嘞，你跟我们吴总早已离了婚，还要叫他赔偿什么青春损失费，一个人还是讲点道理嘞。

懵子和章子鼓起眼睛，死死地盯着张小姗，张小姗肯定感到了某种害怕，哭声渐渐地小起来。

看在张小姗是我前妻的分上，当然也是可怜她——如果她不跟我离婚，她不会残酷地枯萎到这种地步，我也不会迫于南下发财——鉴于种种原因，我跟王芳商量，决定给她买些礼物，再打发一笔钱，不多，五万块。那时的五万块，估计现在五十万都不止。

王芳很不错，说，吴哥，这样的事情你用不着跟我商量，钱都是你赚来的，你想怎么打发就怎么打发。

说罢，还给张小姗买了飞机票。

后来老曹听说了，感叹不已，说，兄弟，你是个真正的男子汉。

我笑着说，也是老子手里有米米，不然我只能打发她两个椰子回家。

当然这只是我生活中的一个插曲而已。

6

还是说说老曹吧。

其实老曹这个时候也有能力买车了，他却没有买。这是因为有个看相的老者，曾经对他说过，说他命中注定不能开车，如果开车当有丧命之祸。所以老曹一直不敢开车，只是买了房子，三室一厅，这对于闯海南的人来说，也是很牛气的了。当年我们走在海风椰林中，走的都是海路，像黑社会。憨子和章子戴着墨镜，左右形影不离。

老曹兴奋地说，兄弟，像我们这样回到长沙，恐怕会吓死一坪人嘞。

我比较谦虚地说，一坪人还不至于会吓死吧，半坪人肯定会有的啰。

这人呀，一旦有了钱，便得意忘形起来，似乎天下都是老子的。说实话，我是有这个心理的，这就是暴发户心理。

比如说吧，消防部门的人曾经到我酒店几次，叫我增添消防设施，说这是为了酒店的安全。我却懒得搞，甚至口气很大，说，我这里是不会起火灾的，如果起了火灾，我就跳到海里去喂鱼。

现在我要把这类人摆平简直太容易了，无非是请客喝酒、打发红包而已。搞消防的人看到我这个人比较大气，每次还是照例检查一下，然后喝酒，接红包，最后临走时还要说一句，吴老板，火灾是无情的嘞。我点点头，说，是是，无情，无情。等到他们走远了，我愤愤地骂道，你娘的臭脚，还不是想来老子这里搞点油水。

为了酒店的发展，我跟老曹商量，吃掉了旁边的一个大门面，这样酒店便更大了，我这才接受了银行的贷款。当然需要说明的是，这是银行方面曾经多次找到我，说他们的钱找不到投资项目，很焦急，简直就是来求我的。另外还有许多有钱的老乡，也纷纷前来找我，说要参股。我当然不会答应他们，只允诺借他们的钱，我给他们利息。

现在来说说老曹的罗曼史吧。

老曹这个人，别看他一副憨憨的样子，生活上也不讲究，却很有女人缘。听他自己说，曾经有几个女人跟他好过，同居的时间有长有短。我们开酒店时，又有个在夜总会做妈咪的女人跟着他，女人叫李胡兰，四川妹子，三十来岁，长相还过得去，嘴唇很性感，身材比王芳粗壮一点。当时只要有时间，她就过来陪陪老曹。有时候还跟我们搓麻将，即使打大麻将也敢于上场，这一点比老曹的胆子要大些。李胡兰搓麻将，总是把衣袖卷起来，似有一种拼命的感觉。对于这个女人，老曹也没有亏待她，让她住在一起。当时老曹手里有点钱，就给她买衣服呀，买首饰呀，还时常叫我去给她所在的夜总会捧场呀。老曹还有一点让人比较佩服，几乎每天晚上李胡兰下班后，老曹都要去接她，然后叫我和王芳去吃夜宵。我们吃夜宵的地点，是比较固定的，所以每次都免去了约地点的麻烦。老曹的婆娘远在长沙，是个工程师，听说两人的关系很一般。现在他独闯海南，身边有个女人照顾，也是很不错的。比如说，现在他的皮鞋都是擦得油亮油亮的，衣服也很整洁。我明白这都是李胡兰的功劳。

记得第一次，老曹带着李胡兰来见我，并介绍说她叫李胡兰。

我眉头微微一皱，他娘的，觉得这个女人跟老曹很相配。

发生在老曹身上的故事，还远不止这些，我还是说个精彩的吧。

老曹有个朋友姓鄢，四川人，也是个小老板，搞装修公司。这个鄢老板是有家室的，却跟一个叫谷妹子的女人要好。谷妹子才二十出头，当时鄢老板已是五十岁了，两人同居了很久。

鄢老板原本想得极美好，他反正也不准备在海南长期待下去，赚到钱后便回老家，到时候跟谷妹子说声拜拜就是了。再说在海南岛上，像这种情感上的拜拜，应该是数不胜数的吧。

谁料谷妹子的想法却不一样，一心想嫁给这个小老板，况且鄢总长得不错，身材高大，尤其对谷妹子照顾得非常细心。所以刚刚同居一个月零三天，谷妹子便逼着鄢先生离婚，甚至还采取种种手段威胁鄢总。不是要上吊，便是要割腕；不是要吃安眠药，便是要跳海，总之鬼名堂搞尽。谷妹子性格很烈，不仅在租屋里吵，竟然一跳一跳，像只袋鼠一样还吵到鄢总的公司，搞得这个男人很没有脸面。其实面对谷妹子这块嫩肉，鄢总也想离婚。他和老婆生了一个妹子，还想和谷妹子生个崽，接上他鄢家的香火。谁知鄢某人偏偏离不掉，他婆娘虽然身处四川老家，人在千里之外，说话却很富有杀伤力。她在电话里对鄢某人说，你个龟儿子，如果要离婚，我就先要了你爷娘的四两命。当然是否真的要取鄢某爷娘的四两命暂且不说，偏偏鄢某人是个大孝子，听婆娘这样威胁自己，他早已吓破了胆子，哪里还敢说离婚。

谷妹子也是个厉害角色，见鄢总离不脱婚，便暗暗地动用了另一种手段，让鄢某人不知不觉地给自己的肚子装上了窑，然后便悄悄地溜走了，像一滴水掉进大海里。走掉就走掉吧，鄢某人心里虽然有点遗憾，却也巴不得，浑身顿时轻松起来。他想，你龟个儿子，最好掉进海里浸死算了。

谁料鄢某人的孽缘还未完，谷妹子又是何等角色，等到肚子像个腰鼓时，竟然叫来三个人高马大的亲哥哥，腰里都插着雪亮的刀子，又来到海南找鄢老板算账。鄢老板闻讯，不敢露面。缩在别人的房子里，立即开动脑筋，看怎样才能脱离苦海。想来想去，大概只有朋友老曹能替他消灾，所以一个电话请老曹替他出面摆平，并答应赔偿谷妹子的钱，而且叫老曹拿着一万块钱去跟对方见面。

老曹开始不敢接钱，似乎那些钱是一颗定时炸弹，胆怯地说，我怕不行嘞。

鄢总拍拍老曹的肩膀，像个日本龟田大队长，鼓动说，你的大大的可以，我的不可以。

接着鄢总又说，你就说我的公司垮掉了，饭都没得吃，这一万块钱，还是咬着手指头画押才借来的。

老曹很有意思，似乎被鄢总的情绪所感染，没有再拒绝。在这关键之时，竟然像个勇士挺身而出，单枪匹马地去跟谷家人见面。所以说老曹的胆子有时太大，有时又太小。

我认为这一点是老曹做得不妥，其实他可以告诉我，我叫一帮兄弟去跟对方谈判，那就更加妥当了。可惜的是，老曹是后来才告诉我的。

当老曹悲壮地出现在谷家兄弟跟前时，谷家兄弟抽出刀子，厉声说要放老曹的血，然后丢到海里去喂鲨鱼。

这时谷妹子从厕所出来，一看，大叫，哎呀，这不是那个畜生嘞，这是曹老板嘞，他是个大好人嘞。

谷家三兄弟这才明白挑水寻错了码头。

老曹生怕他们兄弟放掉自己的血，马上把钱拿出来，并说了说鄢总的种种困境。谷家兄弟见鄢畜生不敢出面，赔偿的钱还算可观，便对老曹说，那你就陪我妹妹去打胎吧。

老曹先是一怔，觉得这件事有点滑稽，想了想，便乖乖地带着谷妹子去医院，代表鄢畜生签字。

老曹替鄢某人办完此事，准备打电话告诉鄢某人，谁知电话却打不通了，鄢某人真的彻底地消失了，似乎害怕谷家兄妹还要找他算账。所以老曹帮了鄢某人这么大的忙，却连鄢总的一顿酒都没有喝到。

那天老曹从医院出来，回到酒店考虑半天，才吞吞吐吐地把此事说给我听，他居然说得浑身大汗，一脸惊恐之色，很后怕的样子。他还说，谷妹子三兄弟，不说三把刀子吧，只要一把刀子插入我的胸膛，今天就见不到兄弟你了。

我听罢，笑了笑说，好你个老曹，这样大的事情都不告诉我，你如果被他们丢到海里，你在酒店的股份那就让我独吞了。你看看，现在鄢某人已经找不到影子了，所以还是让我来给你压压惊吧。

老曹惊魂未定，说，哎呀，现在我还喝不下酒嘞，先让我休息三个小时吧。

我不明白的是，像这么大的事情，老曹为什么不跟我说，他不是怕给我添麻烦吧。其实这点麻烦对于我来说，不算什么呀。想当初，我给他添的麻烦够大的了。二十万块和一万块，根本就不成比例。还有像这么大的事情，他也应该像以前那样考虑一个晚上呀。

唉，这个老曹呀。

7

在我风风火火的几年里，我根本没有考虑过酒店会一落千丈，居然会从天上摔下来，摔得粉身碎骨。我每天想的是，这辈子肯定是荣华富贵了，我已是整个家族的顶梁柱了，而且是湘军闯海南的佼佼者了。

那天当那把大火烧起来的时候，我正在跟几个朋友在外面喝茶。

这时手机响了，是激越悦耳的《西班牙斗牛曲》。

我一听，便蠢住了，呆呆地拿着手机没动。

老曹问，兄弟，出什么事了？

我又立即冷静下来，对其他朋友说，对不起，我有点事情要回去了。

我和老曹马上赶回酒店，天啊，远远地只见火光冲天，发出噼噼啪啪的呼啸声，火焰把海岛的夜色烧出个巨大的洞。

我急忙问，还有人在里面吗？

有人说，都逃出来了。

哎呀，幸亏没有死人，当然这场火灾我也逃不脱干系。

老曹站在我身边，脸色苍白，嘴里说着何得了、何得了。突然身子往后一倒昏了过去，我叫人赶紧送他去医院。

他娘的，这把火是我人生的转折之火，它把我从飞机上推入了大海。

酒店的人说，吴总，主要是没有消防设施，不然还有扑灭的可能性。

到这个时候，我才明白什么叫后悔。

凭着自己的敏感性，第二天我便独自离开了海南，四处躲藏，害怕公安抓我。我明白对于这场大火，我是要负责任的。

在逃走的那天晚上，我要王芳也离开海南，回贵州去。

我说，说不定我会来找你的。

其实她是不愿意走的。她说，我不能看着你背就离开你，我要陪着你。

我苦涩地说，陪着我做什么？每天只能吃椰子壳，你也吃不下呀。

我说，我明天就要走了，你还是快点离开海南岛吧，我不希望在这个岛上再看见你。

那天晚上，王芳固执地要给我洗澡，然后要死要活地非要再陪我一夜。那一夜，小溪似乎晓得我们要分别了，竟然呜呜地叫了一个晚上，弄得我心里酸酸的。

第二天我醒过来准备走人，王芳却早已不见了，小溪也不见了。只见桌子上留了张字条，上面写道，吴哥，我先走一步，我会一辈子记住你的。

我拿着纸条，怔怔地看了一阵子，然后像丧家之犬，悄悄地离开了海岛。

我在长沙躲了一个月，又到张家界躲藏一段时间。然后几个月后，再到四川躲了一阵子。我本来想回到老家去，宝生一定会接纳我的，一想似乎不太妥当，村里人的眼睛是雪亮的，难保没有人告发我。后来我甚至在贵州铜仁找到了王芳，在她家住了一段日子。她父母很纯朴，没有计较我的到来。尤其让我感动的是，小溪竟然还认识我，当我出现在王芳家门口时，小溪先是怔了一怔，然后猛地向我扑来，亲热地舔着我的脸，高兴地呜呜地叫着。这时我的眼泪一飚就出来了。说实话，王芳的家境比较一般。我对王芳说，如果当时你从我手里拿点钱，也就有点积蓄，就不会过这样的日子了。王芳说，吴哥，我不是那种爱钱的女人。又感慨地说，吴哥，没有想到我们又见面了。她对我很不错，每隔几天，便陪着我去看看风景，散散心，当然一定要带上小溪。其实我没有心思看风景。当然有王芳和小溪在我身边，我痛苦的心灵毕竟得到了一点安慰，逃亡的疲惫的脚步暂时获得了停歇。

老曹经常跟我联系，他来电话说，你暂时不要回海南，风声很紧。还说，第二天海南的各家报纸以及电视台，都报道了这场火灾的消息，真是铺天盖地。

就这样，我和老曹破产了。

我虽然身在外面的世界，却在遥控着老曹，还有憨子和章子。我叫他们把我的车子和别墅卖掉，那种低廉的价钱，说出来肯定会吓死人的，干脆就不说了吧。当然老曹的那套房子也卖掉了。

大半年后，风声渐渐小了，老曹才叫我回海南。在我重新回到海南之前，我早已让弟弟们把爷娘送回了老家。其他人也是树倒猢狲散，就不去说了吧。

我住在老曹租的破房子里，那种从天上突然摔到地上的感觉，太不是滋味了。

李胡兰还不错，居然暂时没有离开老曹，看我回来了，忧虑地说，吴哥，我准备离开海南。

我说，你不要把老曹一个人丢到这里呀。

李胡兰说，你叫王芳也走了呀。说罢，默默地流下眼泪，无奈地说，起火灾的那天，她去医院看了老曹，老曹并没有什么病，只是吓破了胆子。现在他自己都是这个样子了，我也不想拖累他。我如果仍然待在这里，想起他的处境我心里就很难受。

那天老曹买菜去了，李胡兰说罢，便拿起拖箱对我说，她要回家了，希望我照顾老曹。说罢，从身上抽出一张存折，说，这是我唯一的一点钱，是留给曹哥的。

我说，还是你自己留下吧。

谁知李胡兰突然朝我跪下来，哭着说，吴哥，你就替我交给他吧。

我慌了，急忙把她扯起来，说，你还是要等老曹回来再说吧。

李胡兰说，他如果回来了，我担心自己又下不了这个狠心。

我接过存折，说，那好吧，你放心，我一定交给他。

李胡兰站起来，抹把泪水，便匆促地走掉了。

我漫不经心地打开存折一看，八百五十块。

我感慨万千，哎呀，这个女人真讲感情。

我把存折交给老曹，老曹流泪了，拿着存折不断地看来看去，喃喃地说，我不会用她的钱，我就是饿死，也不会用她的钱。

又说，兄弟，我就把它做个纪念吧。

我说，好好，做个纪念。

8

那时候，我们像两个孤独的流浪人在街上闲逛，经常呆呆地望着烧毁的酒店感慨不已。蹲在酒店大门口的两尊石狮子，面目模糊，已没有了往年的威风。想当年我们是何等气魄，现在屁都不是了，连一滴海水都比不上。只是我们还有口气，所以还要吃饭，又不知钱从哪里来。

我们已无计可施。去抢劫吧，又没有这个胆量。去偷盗吧，也没有这个本事。去诈骗吧，我们这副鬼都看见害怕的样子，能诈骗谁呢？

我只好跟老曹去街边打麻将，这是我们唯一可以谋生的手段。

当然我们已经输不起了，更不能像以前那样大手大脚。我们只有赢钱，才是唯一出路。出于无奈，我和老曹开始出老千。以前出老千我们是最看不起的。我曾经说过，如果谁出老千，我要把他的双手砍断。现在我食言了，也只能这样做了。我跟老曹商量好，咳嗽代表什么，摸耳朵代表什么，抽烟代表什么，摸头发代表什么，拿打火机代表什么。总之，我们把一切细节都想到。这一招竟然让我们屡战屡胜，也叫我们心惊胆战，小心翼翼，万一被人发现，肯定会挨一顿死打。当然这些代表性的暗示动作，不能一味地做下去，因此我们要不断地变换其代表的内容。

也是可怜，我们打的是小麻将，一天下来赢不了多少米米，几十百把块钱。即使只有这么点米米，这也让我们高兴死了。想当初，我一夜输赢都是几万几万，输掉了连眼睛都不眨，赢了也不觉得有多么痛快。我们的生活质量明显下降了，我们不敢去歌厅，也不敢大吃大喝，每餐吃碗粉面而已。如果酒瘾上来了，只敢买那种小瓶子的酒，解解酒瘾罢了。

让我们感到欣慰的是，那些多年在我酒店旁边擦皮鞋的女人，每次看见我们都纷纷说，老板，我给你们擦擦鞋子。现在我的皮鞋跟当年老曹的皮鞋差不多，灰蒙蒙的，像两条咸鱼。我对老曹说，那就擦擦吧。这些女人擦得很细致，好像是在尽力帮助我们擦掉内心的痛苦，给我们一点安慰。还说，老板，不要急，你还会发财的。等到皮鞋擦完了，我摸出一张皱巴巴的块票准备给对方，谁料她们都像商量好的，一擦完，便提起篮子飞快地跑掉了。

望着她们匆匆的背影，我不禁泪水盈眶。在这个世界上，毕竟还有安慰我们的人。想当年，任何酒店都不准她们摆在大门口擦皮鞋，说是有碍酒店的形象。唯有我让她们摆在门口。我的理由是，她们靠的是自己的劳动，又不是坑蒙拐骗，为什么不能让她们来呢？

老曹一直把李胡兰的存折放在身上，并且经常拿出来看看，然后感叹地说，我不会用她的钱，哪怕就是打死我，也不敢用嘞。

我说，对对，这个钱，无论如何也不能动。

老曹很珍惜这个存折，晚上睡觉要放在枕头下，白天出去带在身上，生怕小偷光顾。

谁料有一天，老曹对我说，兄弟，看来我要动用李胡兰的钱了。

见我迷惑的样子，老曹沮丧地说，我交不起手机费了。然后下狠心似的说，我保证只用一百块钱，剩余的钱我绝对不会用的，兄弟我发誓。又喃喃地说，李胡兰，曹哥对不起你了。

在那个困难的日子里，哪怕是一分钱，对于我们来说都是极其宝贵的，更何况是李胡兰的几百块钱。后来我们在麻将桌上的战绩每况愈下，而且人家不愿意跟我们打了。其原因是我们每次大胜而归，所以别人早已有所怀疑了。加之有一回老曹被他们看出了破绽，他们就追打我们，虽然没有被对方打到，我们却狼狈地逃走了，从此再也不敢出现在那个老地方了。我们在老地方赢钱的机会，已经没有可能性了，而新的赢钱的战场，还没有来得及开辟。如此一来，李胡兰存折上的那些钱，竟然分为数次被老曹蚕食了，当然我也沾了光。老曹每次取钱便喃喃地说，我对天发誓，只取这一次了。取到最后一次，老曹无奈地摇着存折，像摇扇子一样，说，用光了也好，这个存折就算个真正的纪念品了。

我没有这个福气，王芳走的时候没有给我留下什么纪念品，连小溪也没有留下，更不要说存折了。我并不怪她，她不是个爱钱的女人，平时也没有问我要过钱。当然给她买衣服、鞋子、首饰之类，那是不算数的，吃喝也不要我管。更何况我在贵州躲避的那些日子，她是真心对待我的，吃她的，还睡她的，我却没有给过一分钱，这应该也算是我的福气吧。

老曹这个家伙，真的很有福气，后来发生了更加离奇的事情。

李胡兰送给老曹的那个存折，虽然一分钱都没有了，却好像是个招财进宝的摇钱树，居然源源不断地有汇票给老曹寄来。看来这个寄汇票的人很聪明，也很了解老曹，明白"湘军大酒店"已不复存在，竟然把钱汇到老曹原来的塑料制品厂。幸亏那个厂子还没有垮掉，厂里人便打电话给老曹，说有他的汇票。老曹感到很奇怪，谁会给我寄钱呢？

取回来一看，居然是从浙江寄来的，落款人叫刘国生。

老曹对我说，你说取不取？

我说，你想想吧，这个刘国生是谁？

老曹迷惑地说，想不出来。

我高兴地说，那当然取出来，这是天上掉下来的馅饼。

本来我们以为这可能是谁汇错了，哪知像这样的汇票，总是断断续续地汇给老曹。

我开玩笑说，老曹，我们用不着去打麻将了，靠着这些钱就可以度日了。

老曹每次看着那些汇票，感到莫名其妙。

那些汇票的落款地点不一，有时是广州，有时是重庆，有时是上海，有时是长沙。仔细看寄款人的名字，却是五花八门，像李建国啦，张小明啦，刘拉亮啦，等等，这显然是冒充的名字。

出于慎重，我还问过老曹，这些人你不认识吧。

老曹摇摇脑壳，如实地说，不认识。

老曹第一次兴奋地告诉我时，我也并不相信，天下没有这样的事情，大概是李胡兰汇来的吧，难道李胡兰还记得这个落魄的老曹吗？

第一次汇来的钱虽然不多，一百块，却让我和老曹感动不已。

我还特意看了看，这笔钱的确是从浙江寄来的，大概李胡兰到了浙江吧，她在浙江做什么？我分析了一下，李胡兰既然把自己的存折给了老曹，那么这肯定是她寄来的。

我断定说，老曹，据我种种分析，这无疑是李胡兰寄来的，这个存折是她的先头部队，汇票是它的后续部队，你真是好福气嘞，李胡兰同志还在挂记你嘞。我说这个话，多少有点嫉妒的意思。

记得第一次收到汇票，老曹没有说把钱存下来做纪念了，大手一挥，慷慨地说，兄弟，喝酒去。

我们来到了以前的那个夜宵摊子。

看来老曹是想把这一百块钱挥霍掉，以恢复当老板时的威风。他不停地拿酒，不停地叫菜，又不停地问服务员吃了多少钱。服务员用奇怪的目光看着他，意思是吃完了再算账，没有边吃边问的吧。

我明白老曹的用意，当时只有老曹从汇票取来的一百块钱，如果超支，没有谁替我们买单。我边喝酒边发感慨，想不到我们落到了这步田地，要靠女人的钱来糊口了。

老曹倒是很爽快，说，兄弟，不要想那么多，吃一餐，算一餐。

最后我们都喝醉了，举起杯子碰一下，异口同声地说，李胡兰，我们是不会忘记你的，你是我们最好的姐妹。

老曹很想跟李胡兰联系，叫她不要再打钱了（他这个话是否有点言不由衷），却又无法联系，她以前的电话早已停机。老曹的手机号码则数年如一日，也不见李胡兰打个电话来，真不明白这个女人是怎么想的，是否甘做一个幕后英雄？当然李胡兰每次汇来的数目也不一样，有多有少，最多的一次竟有一万，最少的只有五十。由此可见，李胡兰有时候也是多么地艰难，却还是在尽力地资助老曹。

她肯定明白，这是老曹最为困难的时期。

说来人们也许不会相信，那几年李胡兰断断续续给老曹汇来了九万块钱。后来邮局可以办理转账手续了，便再也没有汇票寄来了，居然都打到那个存折上。

老曹兴奋地说，哎呀，幸亏我一直还留着这个存折，不然这些钱就打了水漂。

我们算了一下，打到账上的钱是四万块，加上汇来的九万块，共计十三万。

达到这个数目后，便再也没有钱打进来了。

我和老曹颇觉奇怪，经常议论说，李胡兰大概是觉得还清了老曹的人情了吧，或是她已经无能为力了吧，或是出了什么险事吧，或许她已经不在这个世界上了吧。因为这个十三本身就不是个吉利的数字，她却不多不少打来十三万。

说实话，如果没有李胡兰这十三万，我和老曹的日常生活无疑会更加悲惨。李胡兰汇来或打来的这些钱，就像天上掉下来的金元宝，花完了，它又来了。

酒店一把火烧掉了，我们欠了一屁股债，共计近千万。那把火烧得真是太壮观了，真是太残酷了，不仅烧了酒店，还烧掉了隔壁的歌舞厅，赔了一百二十万。本来要赔两百万的，我对歌舞厅的孙老板说，我已经是一无所有了，少八十万吧。孙老板无奈地点了点头。

我这个人平时不怎么样，这我很清楚自己，到了关键时候，还是能挺身而出的。比如说，这个债务应该是由我和老曹共同承担的，我却想，你让他拿什么还债呢？再说如果当初不是老曹帮我一把，我就没有后来的发达，所以这个情我是欠他的。我毫不犹豫地写张条子，上面写道，酒店的全部债务，由我吴某一人承担。然后交给老曹。

老曹接过条子，浑身打哆嗦，说，这要不得嘞，这要不得嘞。泪水就汪了出来。

老曹真是太容易流泪了。

9

在海南岛漂流了几年，我们终于还是回到了长沙。

海南那个岛上，留下了我们生命中的痛苦与思念。

我住在单位原来分给的一间小房子里——我感到奇怪的是，当年张小姗没有跟我争这间房子，如果她要的话，现在我连个睡觉的地方都没有。总之，我和老曹过得都很艰难。

那些年，我被追债的人追得四处躲藏（除了赔偿隔壁歌舞厅的损失外），或是撒谎说在长沙，或是说今天在南京，明天在北京，只没有说过在北欧了。如果说在北欧，担心人家不太相信，你娘的，只说没有钱还债，怎么还有钱去北欧呢？由此看来，撒什么谎都可以，绝对不能说自己在国外。老曹多次劝我换手机号码，我却没有换，没有换的原因是，我不想让那些债主看我不起，欠钱还债，天经地义，只不过我暂时无力还债罢了。我对那些债主说得最多的一句话是，我正在想办法，你莫性急。

老曹终于离婚了，居然被那个恶婆娘扫地出门，崽也不齿他了，还说他没用，几十岁的人了，不仅没有一点存款，竟然还背着一身债。无奈之下，还是他八十多岁的老娘收留了他，这才有个栖身之地。

刚从海南岛撤回来时，我们还时常见见面，喝喝茶，回忆起海南辉煌的往事，以及落魄的艰难，感叹这人生的起起落落。当然我们还回忆起王芳和李胡兰同志，她们不仅在我们艰难的日子里，没有给我们添过麻烦，王芳甚至还收留过我这个四处躲藏的人，李胡兰还陆续给过老曹十三万块钱。还有可爱的小溪，也是我们经常谈论的话题。当然我们还回忆起那几个擦皮鞋的女人，那也是我们落魄的一剂安慰药。

俗话说，饿死的骆驼比马大。我看未必。像我这匹饿死的骆驼，仅仅比鸡婆大一点点而已。现在我和老曹靠着一点可怜的钱炒股，企图打个翻身仗。而股市像个千变万化的妖魔，一下子把我们的米米吞了进去，有时又吐给我们一点小菜钱。所以我们白天都没有时间出来，一般在晚上见面，却从来没有坐很久。因为老曹的老娘经常打电话来，说她身体不舒服，叫他赶紧回家。老曹立即起身，怀着歉意说，兄弟，对不起。我却在怀疑老曹的娘，大概是不愿意让他跟我在一起吧。因为是我把他害了，尽管我并不是有意的。

见面时有句话我说得最多，那就是，哥哥，是我害了你，你如果不从厂里出来，哪怕就是当一般的管理人员，也不至于落到今天这步田地。

老曹说，人又没有长后眼珠，没有哪个料得到。

又说，当时我们兄弟也是太蠢了，如果见好就收，也不会落到这步田地。

我学他的话，笑道，人又没有长后眼珠。

后来我们便渐渐地很少见面了，尽管两人住得不远。我偶尔看见他那副落魄的样子——当然我也很落魄——却不敢再喊他了，总觉得对不起他，一辈子都对不起。

生山记

虽说在一个煤矿，我以前并不认识吴神仙。

煤矿有几千人，我哪里认识他，况且他又没有犯过案子。

认识他是在一个特殊的场合。

当时矿里发生了一件奇怪的偷盗案，有人竟然把堆放在木工房的棺材偷走了。木工房堆放的棺材很多，因为下矿有危险，所以煤矿木工房都会备着黑漆的棺材。

虽说只是偷走了一副棺材，却也是一桩偷盗事件，不知何人如此大胆。那时我刚调进驻矿派出所，还是个嫩秧子，没有任何破案经验。林所长有意锻炼我，派我单独去查案。我硬着头皮查了好几天，连根毛都没有查出来。现场勘察，这个偷盗者很狡猾，竟然没有留下任何痕迹。为此我很沮丧。林所长没有责怪我，说，看来还是要发动群众。说罢，抓起摇把电话，呜呜地摇起来，连续打了三个电话，请三个人下午来派出所一趟。林所长打完电话，又对我说，他们的分析能力很强，以前帮我们派出所提供过线索，或分析过案件，可以说是我们的业余顾问。对此我却有点怀疑，他们不可能比我还厉害些吧？

下午两点半，先后来了三个汉子。

经林所长介绍，我才晓得其中一个叫刘克斯，身材高大，掘进工。另一个叫张果老，采煤工。两人浑身充满着阳刚之气，似乎具有打死牛的力气。最后林所长才介绍吴神仙，一工区财务会计。我估猜一下，刘克斯和张果老都在五十岁开外，吴神仙四十来岁。

其实吴神仙的大名我是知晓的，只是没见过本人。据说，他有一套祖传的破案方式，破案率十有八九。他们还举了一个例子，说附近农民丢失了水牛，都是请他去指点破案的。还说，吴神仙并没有用什么法器，只是栽着脑壳抽烟，冥思苦想，然后右手大拇指在四根手指头的关节处点来点去，然后说你们往东边走五里路，试试看吧。他说话留有分寸，并不把话说绝，极谦虚的样子。失主便按照他所说方向去寻找，果然就找到了。原来丢失的水牛被偷盗者藏在牛栏里，牛栏门口还用草垫子掩盖起来，准备过一天拉到远处卖掉。这样吴神仙的美誉便渐渐传了出来。还说，吴神仙的分寸把握得很好，他明白自己的身份，并不去抢派出所的风头。如果派出所不请他去分析案件，他装着不知。我听罢，总是觉得这里面有水分，他不可能比福尔摩斯还厉害吧？

吴神仙独自走了进来，朝大家微微一笑，然后坐在房子角落，不显山不露水。我仔细打量着这个人，其貌不扬，一身寡瘦，面带菜色，小眼睛，似乎营养不良，身体也并不强壮。而且不断地咳嗽，属于那种孱弱的男人，毫无阳刚之气。当然也看不出是个充满智慧的人，倒是像个道场先生。如果残酷一点说，极像个猥琐的贼牯子，准备接受我们的审问。

我给他们筛上茶，林所长便叫我先介绍案情，以及侦查情况，我便详细地说了说。

然后刘克斯抢先发言，他说，这个还是比较容易破案的，我们只要看看附近农村是否有人在办丧事，如果有的话，叫木工房的八木匠去看一看，就可以查出来，那些棺材都是出自他手，绝对逃不脱他的眼睛。

张果老却是另一条思路。他分析说，刘师傅，那不一定嘞，我为什么这样说是有道理的，因为偷盗者家里不一定在办丧事，如果那样做的话，实在是太显眼了。据我估猜，这个人家里太穷，给父母办不起老屋（棺材），就把老屋偷回去给父母留着，以此来弥补自己的孝心。所以这口老屋，据我猜测，应该就放在偷盗者的堂屋里，或牛栏里面。

他们发完言，似乎便完成了任务，悠然地喝着茶。这时林所长特意打开抽屉，拿出一包烟扬了扬，放在桌子上，示意他们抽烟。这时大家的目光都望着吴神仙，似乎他才是个民间破案高手，目光中都含有几分敬佩之意。我也默默地看着他，希望他能提供一条新的思路，一举破案，让我这个新手多少也有点面子。

看来吴神仙发言是比较谨慎的，没有考虑成熟，一般不太乱说话。他佝偻着单薄的身子抽烟，烟抽得很厉害，一根接一根，烟雾袅袅地笼罩着他，似真似幻，有点像神仙下凡。咳嗽也不示弱，抽几口烟，便要咳一声。我想，既然咳嗽这样厉害，就不必要抽烟吧。刘克斯有点焦急，催促说，吴神仙，快点把你的智慧贡献出来吧，好让林所长他们把这个偷盗犯抓住。张果老没有催促吴神仙，此刻他的眼神有点变化，似乎要看吴神仙的笑话，便意味深长地望着他。

屋子里很安静，大家似乎不愿意打断吴神仙的思路，任其神思飞扬，寻找出偷盗者的行踪来。唯有喝茶抽烟的声音，像几只不安分的蟋蟀在频频作怪。

吴神仙用大拇指掐着手指头，像在点着其他四个手指头的穴位，又像一只干枯的虫子，在四个指头的关节上来回跳跃，似乎忘记了身边还有其他人。

半天才说话。

他声音很小，蚊虫般，似乎气力不够。吴神仙谨慎地说，依我看，附近农村的人有胆子偷煤炭，偷废钢铁，却没有偷棺材的胆子。我为什么要这样说呢，因为谁都明白，棺材很笨重，不是一两个人能做到的。另外木工房有人守夜，一是防止有人偷木器，二是防止火灾。因此偷盗者也没有这个胆量。据我猜测，这个案件应为监守自盗。

大家惊讶地叫起来——这个大胆的思路谁也没有想到。

吴神仙很平静，淡然地扫了大家一眼，又说，当然，我也没有多大把握，所以在没有破案之前，请在座的各位不要说出去，免得生出不必要的麻烦来。

刘克斯和张果老点点头，似乎赞成吴神仙这个思路。

我一听，是呀，自己怎么没有考虑到这一点呢，竟然没有怀疑木工房守夜的八木匠。当时八木匠是这样对我解释的，说他那天晚上喝得大醉，懵懵懂懂地回到木工房，就倒在床上睡了，世上什么娘偷人鬼打架的事情，他都不清白了。如果按八木匠的这个说法，被人偷走了棺材，他最多是扣点工资而已。如果是他本人冒险作案，其罪责就不一般了。

林所长急于破案，我估猜他最后采用了吴神仙的思路。林所长给每人发了一根烟，说，那就散会吧，谢谢你们。

等到他们刚出门，林所长立即对我说，小漆，快点把八木匠叫来。

不用说，偷盗棺材的案件，便这样轻易地破案了。八木匠老实地交代了作案的详细过程。原来他叫自己的几个兄弟，把棺材抬到了乡下父母家里。八木匠甚至辩解说，他做了多年的木匠，如果不拿一副棺材出来，心理上是很不平衡的，连兄弟们都在嘲笑他。

仅此一事，就让我极其佩服吴神仙。后来见面，我便叫他吴师傅。吴神仙微微一笑，便飘然而过。所以我觉得他有种超凡脱俗之气，似神仙下凡。在我们煤矿，大都是这样称呼别人的，无论何人，都叫某某师傅。我却觉得应该叫他吴会计，因为师傅的称呼过于笼统，而叫他吴神仙又似有不尊之嫌，尽管他神仙的美誉早已在外。

后来我才晓得吴神仙家就住在附近农村，一个叫水田的村子，距煤矿仅仅两里路。他每天都回家，跟矿里的人来往很少，所以这个具体的人似乎并不存在，只有其名声飘浮在空中。而且我又进一步知晓，吴神仙患有心脏病，是否属于遗传，不得而知。难怪他不轻易激动，总是处于平静状态，看来他很有控制力。另外，我还知晓他婆娘是个裁缝，以前大多是主家请她到家里去做上门生意，包吃包睡，生意不错。后来上门生意渐渐少了，她便干脆坐在自己家里，等着别人送货上门，还可以照顾家里。吴神仙有三个崽女，其中有一对双胞胎，他们都在读书。可以想见，吴神仙的负担比较重。我想，如果吴神仙没有工作，让他做田里功夫，其可能性不大，因为身体太羸弱了。

我在派出所期间，林所长仅仅邀请吴神仙等人来过一次。其实我还是很想多多接触吴神仙，因为我感觉他不是一般人，却又没有什么机会。果然我又听到吴神仙还有点本事。这个沉默者，总是能弄出一点响动来，让人兴奋与惊喜。

当时煤矿有几个写手，专门写豆腐块文章，发表在矿务局小报上，最高级别是发表在省报上，所以这些人都相应得到了一点好处，或调到工区宣传组，或调至矿宣传科，也有调到各级办公室写材料的，却没有谁听说过吴神仙会写文章。

有一天，别人对我说，那个吴神仙了不起嘞，竟然在国家级著名杂志上发表了文章，甚至还拿来一本杂志给我看。我翻开一看，果然有他的文章，署名吴生山。虽然只有千把字，他却提出了一个令人深思的问题，而且在社会上引起了不小的反响。这对于我们那个山沟里小煤矿来说，是个十分惊人的新闻。谁也没有料到，突然冒出个吴神仙，一下子就把那些所谓的写手比了下去，让那些人无地自容。不是说你们自己很厉害吗，那是否有吴神仙厉害呢？矿办公室像发现了一个宝贝，便有意调他去写材料，并许诺了不错的条件。比如说，你如果写材料，可以在家里写，不必来上班。还比如说，农忙季节，我们可以派人来你家帮忙，等等。这个许多人做梦都梦不到的美差，居然被吴神仙委婉地拒绝了，他说自己还是搞本行为好。当时我倒是觉得，他去煤矿子弟学校教书是最为合适的。学校师资水平很差，几乎都是从井下工人调上来的，属于半路出家。半路出家尚可理解，主要是他们肚子里的墨水太少了。某些老师甚至经常念错别字，众目睽睽念成"众目瞪瞪"，晨曦渐露念成"晨义（義）渐露"，等等。真是啼笑皆非。所以学生们干脆叫某老师为"瞪老师"或"义老师"。我不理解，矿里为何不把吴神仙这样的人才调到学校去呢。

自此我才明白，吴神仙装有一肚子墨水，只是不喜欢流露罢了。

后来煤矿不幸倒闭，职工们都是"一刀切"，买断工龄。而且按工龄长短打发一笔钱，最多的仅仅三万块。我不晓得吴神仙到底拿到了多少钱，也不晓得他回家去做些什么，如果坐吃山空，三个崽女是很难负担的。我想，吴神仙当时如果调到学校，煤矿虽然倒闭，学校却可以转到地方上，那么他仍然可以教书。

　　这是一件令人遗憾的事情。

　　煤矿倒闭仅仅过去一个月，我忽然在一工区食堂门口看到了吴神仙。他佝偻着身子，安静地坐在门口，抽着烟，目光散淡地望着高大的煤仓，依然不停地咳嗽，或吐出一泡浓痰，像子弹飙出三尺远。我喊声吴会计，他仍是微微一笑，说，我不是会计了嘞。我说，你怎么坐在这里？他一只手往食堂里面一指，似乎有点尴尬，说，我搞了个网吧。哦，我走进食堂，里面的光线比较暗淡。我数了数，共有八台电脑。食堂显然是他租用的，而且只租用了一小部分，中间用红砖砌了一道半高的墙。

　　我佩服说，吴会计，你转型好快的嘞，有好多人还摸不着头脑嘞，都不晓得到哪里找饭吃，甚至还天天打麻将度日。我还觉得他很有眼光，因为一工区的人很多，况且又集中，对于网吧生意是大有好处的。

　　吴神仙谦虚地说，如今这个世道，自己不动动脑筋，显然是不行的。又说，你有时间就来耍吧，免费。笑了笑，又咳嗽起来。我劝道，你要坚持吃药嘞。他点点头，在吃的。我说，你买八台电脑需要本钱嘞。吴神仙说，不贵，我是去广州进的二手货。

这也说明，他不愧为一个会计。

我认为，吴神仙明白自己身体不太好，办个网吧正合其意，用不着费多大力气，守着网吧就行了。我仅仅去过一次网吧，哪敢叫他免费，于心不忍呀。据我观察，网吧生意并不是那样理想，我去的时候，仅仅开了三台电脑，加上我，才四台。我想，吴神仙如果有机会，能早早走进公安系统，一是饭碗不用发愁，二是人尽其才，根本就不需要逼着自己开网吧。又想，如果我有吴神仙那样的智慧，破案就不用发愁了。

煤矿在没有破产之前，大体上来说，还算秩序井然。破产后，周边环境陡然变得复杂起来，治安案件屡屡发生。偷盗机器的，拆砖卸瓦的，比比皆是，派出所简直搞手脚不赢。有时候我跟林所长三两天都见不上面，所里只有小王妹子在值班。所以尽管吴神仙在一工区食堂办网吧，离我并不太远，我也没有闲时频频前去光顾。

有一天，我骑着单车路过一工区食堂，看见吴神仙站在门口，在指挥一个女人和一个半大后生搬电脑，将它们搬到板车上。我猜测，那应该是他的婆娘，半大后生应该是他的大崽。我是第一次看到他婆娘，身材小巧，不太说话，看到我跟吴神仙很熟悉，便腼腆地朝我笑一下，继续搬电脑。

我对吴神仙说，吴会计，你是要把网吧开到县城去吧。

他竟然羞涩地说，我早就不是会计了嘞。又说，哪里哦，生意太不行了，干脆关掉它。

望着他那副弱不禁风的样子，我担忧地说，那你今后再做点什么？

吴神仙仍是微微一笑，说，天无绝人之路，办法总归还是想得出来的吧。

我想帮忙，却身负重任，要去查个案子。

我便说，吴会计，我正在办个案子，查了好久，也没有查出来，请你帮我提供一下思路吧。

吴神仙蹲在台阶上，对家人说，你们要小心一点搬嘞。

又对我说，你说吧。

我说，一工区的张师傅你肯定认得吧。

他点点头，说，认得，只是打交道不多。

我说，他崽叫应伢子，喜欢去河边钓鱼，那天突然掉进河里淹死了。张师傅不相信应伢子是不小心掉进河里的，便来派出所报案，要求查出罪犯。林所长带着我查了好久，也没有查出一点线索来。本来我想请你来帮忙分析一下，林所长却不答应，他说煤矿已经倒闭了，你不是煤矿的人了，如果再请你来是要给报酬的，我们又发不出报酬。

吴神仙笑了笑，说，这有什么关系啰？说罢，丢掉烟屁股，伸出右手，用大拇指掐着其他四个手指头的关节，点来点去，像虫子在寻找食物。不多久，便说，依我看，应伢子可能是被人所害，至于什么人，我想，这个凶手一定是收文物的，而且这件文物比较值钱。也就是说，应伢子家里有件文物，这个收文物的人很想得到手，而在价格上双方又谈不拢。所以我们可以推断分析，他们双方在河边上，又进行了新一轮谈判，这次，应伢子把那件文物也带去了，希望对方能出个大价钱，如果交易成功，这对张家来说，是一笔大财富。谁知对方不仅没有出大价钱，反而把应伢子推进了河里，并且抹去了现场的一切痕迹。你们为什么查不到线索，这是因为应伢子被害之后，张师傅不知出于什么想法，并没有向你们说出文物不见了的信息，所以才导致你们难以破案。那么张师傅为什么没有说文物不见了呢，这就要对他做心理分析了。其实纵然不对张师傅心理做出分析，这桩案子也是很清晰的了。当然这只是我的初步推断，供你们参考吧。

我迷惑地问，你怎么晓得张家有件珍贵文物？

吴神仙说，张师傅那个人，平时喜欢吹点牛皮，所以他家里有件值钱的文物，我早就晓得了。应伢子千不该万不该，就是不要把文物带到河边去，如果在家里进行谈判，就不会发生这种事情了。或许是，应伢子可能担心张师傅不同意吧。

我真佩服吴神仙，他竟然把案件的来龙去脉说得清清楚楚，让我顺利地破了此案，把收文物的罪犯一举抓获。我们在进行审问时，那个肖姓罪犯，竟然跟吴神仙所说的一模一样。

吴神仙不喝酒，为了表示感谢，我买了一条烟送到他家里。

很显然，吴家并不富裕，那些家具都很陈旧了，估计是父辈留下的。屋里光线暗淡，阴气很重，且潮湿。缝纫机摆在窗口下，他婆娘在踏着机子，嗡嗡响。让我惊讶的是，他睡房里竟然有个大书柜，上面摆着《论语》、《易经》、《庄子》、《孙子兵法》等许多古籍。还有很多中外文学书籍，包括外国的侦探小说，以及侦破的专业书籍，甚至还有高中数理化。

我钦佩地说，你读过不少书嘞。

吴神仙说，惭愧，惭愧。

吴神仙叫我在他家里吃饭，我说饭就不吃了，还要回所里开会。然后把烟从皮革包里拿出来。

他拒绝收下，说，哎呀，不要讲客气吧。

我看他讲客气，丢下烟便走了。

后来我几乎没有见过他了，也不晓得他在做些什么，或许，他还闲在家里看书吧。尽管他满腹经纶，却解决不了饭碗问题。我想，像他那样的鬼身体，出不得力，是很难找到合适的事情。当然他有丰富的会计经验，问题是，哪个地方需要呢？再说那个时候，经济已十分活跃，大量会计也应运而生，已如过江之鲫，似乎人人都是会计高手。

我曾经向林所长建议过，聘请吴神仙为派出所顾问，每个月发点补助。林所长好像不记得吴神仙了，说，哪个吴神仙？接着又说，哦，是那个神仙呀，我们不能聘他呀，没有补助呀。我说，我可以用罚款。林所长眼睛一瞪，说，小漆，你不要脑壳了？那些罚款都是要按规定上交的。

其实在吴神仙搬电脑回家的那天，我便劝过他，要他买两瓶酒去拜见林所长，看看能否谋个轻松的饭碗，我也可以敲敲边鼓。吴神仙听罢，摇摇头说，我不去。就三个字，丝毫也没有通融的余地。望着这个弱不禁风的男人，我很佩服他的骨气。

有天上午，我到附近乡下处理一桩民事纠纷，处理完毕，我便准备回所里。我骑着边三轮奔跑在乡间路上，路过一个大院子，看见有人在大办丧事。响器班子有两套，一套是西洋乐，一套是民乐，另外还请了道场先生，其排场热闹非凡。灵堂十分宽敞，为彩色尼龙篷布搭建而成。这时只见道场先生在围绕着棺材慢慢转动，手里挥着一把拂尘，一扬一扬，嘴里念念有词。他身后跟随着死者的许多亲人，像流动的水在沉默地走动。

我眼睛很尖，发现这个人比较熟悉，单薄，有气无力，像棵小树在摇摇摆摆。我停下边三轮，走近一看，哦，原来是吴神仙。他穿着黑色长袍，脑壳上戴着黑色帽子，类似道士那种帽子，仍然有点咳嗽，却并不影响他做法事。

我站在灵堂外面默默地观看，没有去打扰他。我没有想到，吴神仙竟然做起这个行当来了。他那副样子，实在太像道场先生了，浑身上下散发出一股巫气。

终于等到吴神仙休息时，我才走过去，轻轻地叫声吴会计。

他抽着烟，拂尘插在后颈里，抬头望着我，微微一怔，便笑了起来，我早就不是会计了嘞，哎，你怎么到这里来了？

我指着边三轮，解释说，路过。

哦，吴神仙屁股移动了一下，拍拍板凳，说，坐坐吧。又端起桌上一杯茶水，递给我说，干净，没人喝过。

我说，你好久做起道场先生来了。

吴神仙说，关掉了网吧，我想自己再做点什么事情呢，总不可能闲在屋里吧。考虑很久，我发现乡下喜丧场合越办越热闹了，办丧事不仅要请响器班子，还要做道场，唱夜歌子。办喜事也要请响器班子，唱喜歌。所以我最终选择了这条路。再说吧，我的身体也只允许自己做这一行。

丧事生意还好吧？说完，我觉得自己问得十分愚蠢。

吴神仙笑起来，宽容地说，这个不好说，有人来请我了就去。另外，我还能给人家办喜事，比如当主持，写喜联，唱喜歌，乡下这些繁文缛节我都懂嘞。他指着那些巨大的挽联说，那都是我写的。

我一眼望去，挽联极其醒目，有楷体，有魏碑，还有符篆。

他说，我还可以替他们写祭文，再说，他们的书法也比不上我，所以我现在有点小名气了。说罢，淡然一笑。又说，有些人虽然可以主持红白喜事，却不晓得写喜联或挽联，这分明就搞不赢我了，我可以全部承包下来，不需要主家另外请人，因此他们也省去了不少麻烦。吴神仙突然话锋一转，说，唉，其实我读书的时候成绩是很不错的，只是后来不准考大学了。

对于这个我并不感到奇怪，我曾经在他家里看到了那个大书柜，明白他肚子里装了不少知识。我说，如果当年能继续考大学，你肯定可以考上北大清华的。

吴神仙叹一声，说，是呀，我是准备考北大的，只是运气太不好了。当然在那个年代，不仅仅是我一个人的问题。当时我听说这个消息后，跑到山上大哭一场，把身体都哭垮了。后来尽管恢复了高考，我也想去参加考试，我身体却不允许了。

那天吴神仙很有兴趣，说了不少话。咳几声，甚至还轻轻地唱起了《丧礼歌》，他一只手拍着大腿，唱道：生来贤慧，自事宁人，生而为英，死而为灵，虽死不朽，暂聚之形，死而如在，万古留名，仓皇杳杳，含笑西行，兹焉小殓，名路九泉，魂归极乐，魄上瑶山。

唱得有拍有节，让人感叹这人生的不易与短暂。

我佩服地说，吴会计，你的记性太好了。说罢，递去一根烟。

吴神仙把烟夹在耳边说，我早就不是会计了嘞。只不过是唱这些喜丧歌，对于我来说，是小菜一碟。我晓得唱许多的丧歌，像《十哭歌》、《出棺礼仪歌》、《安灵词》，等等。喜歌有《送新郎新娘入洞房歌》、《安床歌》、《祝寿歌》，等等。如果有人砌新屋，还会请我去唱《上梁歌》、《登梯歌》、《赞红歌》之类。我父亲留下了几本民间歌谣，其中包含了这些内容，既有糟粕，也有精华，所以我有时还得对它们进行改造，以适应这个时代。现在它们成了我吃饭的法宝。当然这跟我的记忆力也有很大关系，各类歌词大概记得两三百首。你说，他们哪能背诵得这么多呢？所以这也是某些人搞我不赢的原因。他指着自己的脑壳说，你不晓得吧，我以前是过目不忘的嘞。

我猜测，他所说的"某些人"，应该是竞争对手吧。我没有料到，做这一行，居然还有激烈的竞争。

从目前看来，他对自己的这个饭碗，还是比较满意的。

他说，小漆，我还有个想法，准备成立一个喜丧公司，招聘人员，扩大业务，我要把响器班子以及唱夜歌子那些人，通通地招进来，你说可以吗？

我高兴地说，当然可以呀，我想谁也搞不过你。

吴神仙谦虚地说，哪里，哪里，笑话，笑话。

时间已经不早了，又考虑会耽误他的事情，我们便留下手机号码。吴神仙起身，把我送到边三轮旁边，跟我握手言别。

吴神仙做起了道场先生，这让我无限感慨。当夜我竟然做起噩梦来，梦见吴神仙被人痛打，被打得头破血流，喊娘喊爷。以至我大叫一声吴会计，便惊醒了过来。

秋季的一天下午，突然有人打我的手机。一看，竟是吴神仙的。

我问，吴会计，你有什么事吗？

吴神仙这次没有说他不是会计了，气愤地说，他要报案。电话里还传来哎哟哎哟的声音。

我问，打架了？谁打你？

他痛苦地说，快来我家，你就晓得了。

我想，像吴神仙这种孱弱之人，是经不起别人的拳头的。

我急忙骑着边三轮赶过去，走进吴家一看，只见吴神仙躺在床上，脑壳上包着白纱布，脸色更加苍白，还有斑斑血迹，像是从战场上下来的伤员。他婆娘和三个崽女坐在一边哭泣。

吴神仙指着自己左腿，不无沮丧地说，被打断了嘞，腰子也被打坏了嘞。又说，肯定是八木匠叫人来报复我的。他也搞了个喜丧公司，竞争不过我，还说生意都被我抢走了，就叫人来害我。

我一惊，多年前的事情了，八木匠竟然还记着这个仇。哦，可能他终于明白是吴神仙给派出所提供的思路，才让他受到处分的吧。

望着躺在床上的吴神仙，我不禁泪水纵流，伤心不已。我办案很多，悲惨场面也见过不少，却从来没有流过眼泪。而面对吴神仙，我的泪水禁不住流了下来。这个天资聪明之人，如果当年能考上北大，是不会落到如此地步的，至少也是学者教授了吧。现在他所有的聪明才智，竟然都浪费在这乡村四野，浪费在灵堂或喜庆场合里——这可能是我悲伤的原因吧。

我没有说话，也说不出话来，立即把他背到边三轮上，然后疯狂地向县城医院奔去，让医院给他验伤。验伤的结果为重伤。医生说，已经造成了残疾，以后会影响伤者走路的。说实话，在这桩案件中，我是抱有某种私心的，我一定要想办法，让法院重判八木匠以及凶手，为聪明而孱弱的吴神仙出口恶气。这个案件在我的推动下，凶手张老七被捉拿归案，判刑四年半。幕后指挥者八木匠，判刑六年。

后来我调到县城关镇派出所，就再也没有看到过吴神仙了，我们却没有中断联系。有一天，吴神仙突然发来信息，说公司于8月18号成立了，全名为生山喜丧服务有限公司，本人为总经理。我很高兴，立即回复，热烈祝贺。我明白，他给公司取名为生山，肯定是经过深思熟虑的。虽是他自己的名字，却也大有深意。生，生而为英。死，魄上瑶山。人生一世，只不过是两头兼顾罢了。我甚至还主动地当起了业务介绍人，一旦听闻有喜丧之事——只要是我朋友或熟人——我都要推荐吴神仙那个公司。且是举手之劳，何乐不为？吴神仙接到业务后，每次给我的信息是，我已率队准时到达主家所在地，谢谢你。甚至还派人送来过红包，我哪敢收下呢？

有很久一段时间，我没有给他推荐业务（因为身边暂时没有喜丧事），内心竟有愧疚之感。每当空闲时，我便会想起这个孱弱的吴神仙，想起他的种种经历。我猜测不到，他是否还歪斜着身子，频频出现在灵堂或喜庆场合，他是否于夜深人静之时，还在挑灯夜读。

冬天的一个晚上，我手机突然响了，一看，竟是吴神仙打来的。我立即接听，却不是他的声音。我问他是谁，对方居然哭了起来，说，我是他的大崽嘞，我爸爸刚刚被人推到水塘里浸死了嘞，呜呜呜……

醯醁酒

说来可怜，我兄弟五个，唯有我二哥读过中专。

其实他读的中专，也是在那个特殊年代里吵吵闹闹毕业的，然后被分配到湘南一家木材厂。按说，二哥也可以像其他同学分到厂里的那些车间，当技术工人，或刨工，或车工，或电工，等等。他却被发配到装卸队扛木头，殊不知，那是最艰苦的工种，上班风雨无阻，一般人是吃不消的。我二哥为何不能分配到车间，盖因家庭成分问题。二哥是个苦命人，在贮木场整整扛了五年木头，有几次还险些从木堆上摔下来。摔下来是相当危险的，有工人曾经从木堆上摔下来，腿断腰损，成了残疾人，一辈子坐在轮椅上。二哥幸免此难，最后才凭借着自己的本事——打得一手好篮球，为厂篮球队主力——终于调入厂子弟学校，任体育老师。

时间一晃，五十年便过去了。

二哥原先所在的木材厂，我曾经去过多次。那里高山连绵起伏，树林葱郁茂密，当然还有河流清澈透底。二哥曾经带着我去河里捉过鱼，后来还有风景绮丽的东江湖。只不过木材厂早已倒闭，呈现一片荒凉景象，杂草丛生，时有蛇蝎窜行其中，厂里学校也早已归于地方上管理了。

这一切，恍然如昨。

上次，二哥即将进七十，我提前到他家里跟他喝酒。望着满头银发的二哥，我忽然问道，

算起来，你到这里已有半个世纪了，这里给你印象最深的是什么，人，还是风景，还是其他。

二哥端着玻璃小酒杯，举在眼前，似乎在透过酒杯观察我，然后又往酒杯里看一眼，好像杯中有他需要的答案。沉默片刻，二哥极其慎重地说，酒。

酒吗？我不由惊讶起来。

我清楚，二哥在这里受尽歧视和侮辱，找对象也是历尽千辛万苦，思想上和生活上的压力极大，他甚至想到过自杀，自绝于亲人，自绝于世界。幸亏他控制住了自己冲动的情绪，不然今天就不能跟他喝酒了。其实我当时也产生过这个可怕的念头，小小年纪学校就不准我读书了，逼着我寄人篱下，躲在亲戚家帮着卖冰棒。后来二哥好不容易才成了个家，连我们都

没有通知，竟然草草了事。所以其中的那些酸甜苦辣，他深有体会，没齿难忘。我不理解的是，这些难忘的经历居然都比不上酒吗？

毋庸置疑，这么多年来，我们曾经喝过各种各样的酒，高档的，低档的，还有洋酒，乃至乡下米酒。那么是否还有更高级的酒呢？甚至让二哥在长达五十多年的记忆中，竟然把它列为第一难忘之事。那为何在这么多年里，我却没有听他说起过？其中是否有什么难言之隐？或许，是我们从来也没有提起这个话题吧。

我的兴趣显然高涨起来，端起酒杯敬他，并催促说，那你说来听听罢。

二哥放下酒杯，说，老弟，我实不相瞒，的确是酒，这种酒叫醽醁酒。说罢，担心我不认识“醽醁”这两个字，二哥拿起手机，将这两个字搜出来给我看。

哦，我平时没有注意到这两个字，手机上解释为美酒，应该是美酒的统称吧。我却不知二哥所说的这种酒，究竟有何特殊之处。

二哥眼睛望着窗外，似乎进入了回忆之中。窗台上摆着几盆花，有月季，有兰草，有指甲红，它们也看着二哥，好像在极力推动着他回忆的进程。二哥说，这种稀罕的酒，我在这五十多年里，仅仅只喝过两次，不，说是两次，其实只有一次，后来就再也没有喝过了。他眼里射出某种强烈的渴望，同时又有某种深深的遗憾。

二哥收回目光看着我，说，你也晓得，我们那一批同学是1968年进厂的，到1973年左右，同学们先后都结了婚，唯有我找对象无果，思想上极其苦恼。说得不好听一点，我走在路上都不敢抬头看人，觉得很没有面子。尤其是看到他们牵着崽女走过来，我便立即转身返回，不愿意跟他们打招呼，他们甚至叫喊我，我也装着没有听见。其实毫不谦虚地说，若论人才，我并不比他们差，这一点，我还是比较自信的，只是家庭包袱过于沉重，这个你也是很清楚的。其实厂里那些妹子，也有愿意跟我交往的，一旦听说我的家庭背景，她们都失望地离我而去，并解释说，她们对我个人毫无意见。后面的话，就用不着说出来了，担心过于刺激我。在当年双方交代家庭背景，是谈恋爱的首要条件，有些人甚至还要去单位或当地调查，生怕上当受骗，如有不慎，那将会带来一辈子痛苦。你说，有谁愿意嫁给我们这类后生？我们简直像垃圾，无人理睬。当时我很绝望，估计这辈子极有可能打光棍了，当然我担心你以后也会跟我一样。我虽然内心绝望，却没有放弃学习，空闲时间除了打篮球，每晚上还要躲在蚊帐里面看书。宿舍里的师傅们熄灯睡觉，我便打着手电看书。这一点，师傅们都很清楚，加上我工作卖力，因此他们都很同情我，说自己也是没有女儿，不然一定要把女儿嫁给我。他们还说，如今已经没有像我这样喜欢学习的后生了。我听罢，不论师傅说的是真是假，我唯有感激和苦笑。

二哥举起酒杯，对我扬了扬，喝口酒，又陷入回忆之中。

满头银发似乎也变得凝重起来，像要牵引着他吐出醅醵酒的故事来。因此我也明白，二哥应该快要讲到神秘的醅醵酒了。"醅醵酒"这个陌生的名字，我还是第一次听说，这也应该是他描述的重点吧——因为二哥那些不堪回首的生活经历，我基本上都是清楚的，用不着今天来诉说。

二哥点燃一根烟，抽一口，继续说，其实在那个时候，也有人给我做媒，而那些妹子都是乡村的，所以我不太愿意。我并不是看不起乡村妹子，像我这种条件，只有别人看不起我的，对吧？那又是为什么呢？因为我看到师傅们讨的都是乡下婆娘，他们非常辛苦，到了休息天，还要回家挖土、种田、砍柴，个个累得像孙子，然后又要匆匆地赶回厂里扛木头，也太辛苦了吧。所以我还是希望能找个有工作的妹子，免得以后过于辛苦。再说，崽女也吃农村粮，那就很麻烦了。如果对方有工作，哪怕长相不怎么样，我也只好将就了。在那个年代，我的择偶标准，已经降到了最低点。

不久有个退休的左师傅，来厂里看望工友。闲谈之余，听说我还没有找到对象，尤其听说我是他原来班组的人，便告诉我，说他村子里有个妹子，长相很乖态，十九岁。这个妹子曾经说过，她非嫁给工人不可。左师傅还说，如果我愿意，可以跟他去看看，只是见见面而已，没有关系的，当然至于是否成功，决定权还是掌握在我手里。到这时，我又把择偶标准降了下来，不由感到有点悲凉。心想，如果妹子很乖态，那就讨她为妻吧。不然像这样找来找去的，嫩豆腐可能都起绿霉了。

第二天，正好是星期天，我便跟着左师傅去了。宿舍里的师傅们都很高兴，希望我能旗开得胜，满载而归。甚至还开玩笑说，你如果把妹子带来了，我们都给你腾房子睡觉。说得我满脸通红。

　　左师傅快七十岁了，身体十分健壮，走起路来咚咚响，丝毫也不让后生。村子并不远，大约二十里路，却要爬山越岭，还要坐船过河。终于来到了村里，左师傅带着我走进那个妹子家里。还在路上时，左师傅便告诉我，妹子姓刘，叫刘小英。有父母，还有两个兄弟。刘小英最小，所以也叫满妹子。这时左师傅忽然问我能否喝酒，我如实地说，能喝点。

　　刘家人看见我们到来——可能左师傅以前答应过给满妹子做媒吧——非常惊喜，并且迅速地行动起来。杀鸡一只，买猪肉两斤，打草鱼一条，端豆腐四坨，另外还有蔬菜两碗。在那个物资贫乏的年代，这已经是极其客气的了，简直像过年。刘小英的确长得蛮乖态，身材苗条，皮肤白皙，根本不像乡下妹子。这一点，左师傅并没有哄我。他没有像有些媒人，把死人说成活人，把地上的说成是天上的。我老是盯着满妹子看，看得我自己都不好意思了。满妹子明白我们来她家的原因，所以脸一直绯红，像吃了笑鸡婆蛋。最后她跟我对视了一眼，便迅速地走开了，似乎害怕跟我说话。

　　刘父话语不多，吧响旱烟，阵阵烟雾，模糊了那张多皱的黑脸庞，眼珠子却死死地盯着我，很尖锐，像要把我的五脏六腑看个透彻，也似乎以为我开玩笑，并不把这件事当真。说实话，我害怕那种尖锐的眼神，因为我对这件人生大事，还没有丝毫把握。刘家人住的是那种土砖屋子，有三四间。还很干净，屋里也没有鸡屎味，这在乡村并不多见。刘母客气地对我笑了笑，便走进灶屋，想必满妹子也在帮忙吧。满妹子的两个兄弟，估计在田土里忙着，还没有回来。

大概坐了一刻钟，刘父叫左师傅陪着我说说话，自己便捎起锄头走出屋门。我不明白他去做什么，或许是去菜地挖土吧，只是客人来了也要陪陪吧。况且很有可能还是他未来的女婿。还有，他是否觉得我不满意，便有意回避，不愿意在家里陪着我们聊天，以免双方都很尴尬呢？不得而知。说实话，我有点迷茫。我虽然家庭背景差强人意，却还是个堂堂的工人。这时我心里已经打起了退堂鼓，而且还在考虑离开的理由。我觉得这个理由，不要让双方感到难堪才好。

左师傅似乎看出了我内心的疑虑，大手一摆，淡淡地说，你随他去吧。

大约过了两个小时，刘父终于回来了，竟有三个人出现在门口。刘父一个，后面还跟着两个后生，我估计是刘家兄弟。兄弟俩抬着一只箩筐，对我笑了笑。我以为，箩筐里肯定装着蔬菜之类。刘父脸上冒着汗气，手里拿着锄头。他们走进堂屋，轻轻地放下箩筐。刘父则丢下锄头，竟然从箩筐里抱出一个棕色的瓷坛子，像只陈旧的大鼓。坛子上面还沾有细碎的泥土。刘家兄弟要来帮忙，刘父大手一挥，不要他们沾边。刘父把坛子小心翼翼地置于地上，这才轻轻地透口气。我不明白，刘父脸上为何绷得那样紧实，似乎仍在担忧什么，他是否还在不满意我。

忽然左师傅惊喜地叫起来，嗬，兄弟舍得，兄弟舍得。

我看着左师傅，不明白他的意思。

刘父脸色严峻，好像有什么不妙的情况在考验着他。他用苍老的双手，拂掉坛口上的细碎泥土，拿起小铁锤，把封口的糯米泥砰砰敲开。糯米泥极其坚固，需要花费很大的力气，才能敲下来，又要注意防止敲烂了酒坛子。随着这种谨慎的敲打，只见糯米泥块纷纷地往下掉落。这时又露出一层厚厚的火蜡。火蜡也封得很死，需要用刀子使劲地一点点撬开，火蜡碎块也纷纷掉落在地，跟白色的糯米泥混于一体，像某个随心所欲的画家，信手涂鸦出来的一幅画。然后刘父终于轻轻地揭开坛盖，嗬，一股浓郁的酒香味突然弥漫开来，迅速地占领了屋子的空间。

左师傅又叫道，好酒，好酒。情不自禁地拍起手来。

我们也赶紧拍起手来。

刘父脸上这才终于露出了笑容，极惬意的样子。

左师傅向我解释说，你不晓得吧，这种酒叫醽醁酒。他生怕我不明白，便沾着茶水在桌子上一笔一画地写起来，说，第一个字读灵，第二字读陆。

我还是第一次听说这种酒，这两个生僻字，如果不翻字典，我也不认识。当地出产这种酒，左师傅既认识又晓得写，这已不足为奇。

左师傅宽容地笑了笑，说，其实吧，我这辈子也只喝过四回这种酒，所以说你是有福之人嘞。

然后左师傅把醽醁酒的制作过程说给我听。

头茬烧酒（高度酒）一缸，约二三十斤，再把一只或两只母鸡杀掉洗净，放入坛内密封。密封是很有讲究的，先要用火蜡封住，再加上一层糯米泥封上，然后埋之于山野（埋藏时行动极为秘密，连家人都不晓得，唯有埋藏者自己清楚），需要埋个十年八年，才挖出来喝。当然也有埋藏二三十年的。所以这种酒如此珍贵，一般人是根本喝不到的，非贵客不可。而且并非一般的贵客。不然主家是舍不得拿出来喝的，仍然让它藏于山野之中。因为醽醁酒埋于泥土里，吸尽大地之精华，因而它的味道醇美，带有丝丝香味，极好入口，即使喝醉了也无事。当然啰，这一切都是因为稀罕所致。

左师傅说着说着，又说起一件异事来。

说距离这里不远的一个村子，有个李姓人家，其父临终前把崽叫于床前，告诉他在山上的某棵松树下，埋藏了一坛醽醁酒，如果家里来了贵客，便可以取出来喝掉。由于有上述规定，李家的这个崽没有告诉家人，独守其秘密。谁知二十五年后，到了该取酒招待贵客时，李家的那个崽竟然忘记了埋藏之地，他寻找了三天三夜，也没有找到，这真是令人不可思议。其实那棵松树还在原地，而且长势不错，酒坛子却不见了。那么大概是被人偷走了吧，不晓得。是否没有找到准确地点，也不晓得。而且那个埋藏的地方，周围的泥土都是板板实实的，没有被人挖掘过的迹象。因此这坛好酒如果没有被人偷走，也只能送给山神喝了。左师傅说，由此看来，这个祖传的规定，也是有弊病的，如果埋酒的人突然去世了，或突然发了神经病，或不记得埋藏的地点了，那就浪费了一坛好酒。

二哥说到这里，有点激动起来，说，这种酒的确不同一般，手指头沾着酒水，竟然扯出长丝来，十分黏稠，有点像蜂蜜。当时我问是否还有鸡骨头，刘父把酒倒出来，坛子底下仅仅存有一点沉淀物了，估计那就是鸡骨头的残留物吧。当然那天喝酒的愉快自不必说，大家喝得痛快淋漓，一杯接着一杯。连刘母和满妹子也来助战，加上满妹子的两个哥哥，真是一屋子热闹。左师傅蛮有意思，本来说不在刘家吃饭的，还要回家带孙子，当他看到刘父取来醽醁酒时，居然赖着不走了，甚至比我们还喝得多，满脸通红，像关公。我也理解他，这种酒实在太难以喝到了，谁都想喝呀。再说，他留在刘家，我也少了许多尴尬。本来我酒量只有三两左右，那天起码喝了两斤不止。而且脑壳不痛不晕，竟然满口留香，那个味道真是罕见。

我插话道，喝醽醁酒这件事，倒是没有听你说过，只是听你说起过满妹子，你们最终还是没有成功。

二哥听罢，顿时满面羞愧，说，是呀，是我对不起满妹子，对不起刘家人，也对不起那坛好酒。后来的事情，你也不是不清楚，由于你嫂子的突然出现，况且又是个工人，所以这让我感情的天平向你嫂子倾斜了。其实你也清楚，我跟你嫂子能结婚，其艰难过程也是一言难尽。

我当然清楚二哥和嫂子恋爱结婚的过程。嫂子父亲是个铁匠师傅，当他听说我家的家庭背景后，竟然冲到厂里，对我嫂子大打出手，抓住她的脑壳，猛烈地往墙壁上撞击，把我嫂子撞出了脑震荡，以至于多年后，我嫂子还经常头痛。当然铁匠师傅毕竟还是有点分寸的，并没有攻击我二哥，他只能管住我二嫂，却闹得厂里人人皆知。铁匠师傅甚至还强烈要求厂里对桩婚事进行干预，厂里回答说，这种事情愿打愿挨，我们也不便出面。虽然铁匠师傅极力阻止他们来往，谁知我嫂子的性格也很倔强，铁匠师傅越是阻止，她越是坚强，简直是宁死不屈。用现在的话来说，她看好我二哥这支潜力股，便拉着他上床，生米煮成熟饭。至此铁匠师傅才终止了其暴力行为。

　　我问，你后来看到满妹子没有？

　　二哥如实地说，曾经看到过一次。那还是多年前，他去赶闹子（赶场），忽然感觉有个女人老是盯着他。他反转一看，天啊，原来是满妹子。她竟然满头白发，一脸皱纹，已经没有了当年的韵味，简直像一蔸衰老的狗尾巴草。如果不是她那双大眼睛仍然忽闪，他已经认不出来了。他准备急于上前打个招呼，并想借此机会向她道歉，满妹子却用眼神示意他不要过去。他估猜她是不方便，或许身边有她的家人。他目光一移，满妹子身边果然有个矮小的男人，其皮肤比煤炭还要黑，脑壳上围着黑色布帕，并没有注意他们，眼睛在注视着卖山货的摊子。满妹子的泪水顿时涌了出来，又担心她男人发现，一转身，便匆匆地走掉了，消失在人流之中。

二哥感慨万千，说，真是没有想到，满妹子的变化如此之大。她曾经说过一定要嫁给工人，按说她自身的条件并不错，没有必要嫁给那样的男人吧。用不着猜测，满妹子一辈子都会痛恨他的。

幸亏我二嫂不在家，不然我们不会提起这个话题的。我二嫂把饭菜摆上来，说是要减肥，便出门打麻将去了。

人生有许多遗憾，许多愧疚，还有许多伤害。当你准备赔礼道歉，或弥补过错时，上天并不给你这个机会，让你一辈子背负着这个沉重的包袱。

那么第二次喝这种酒，又是在什么时候？我担心二哥沉溺在往事中不能自拔，便有意地岔开话题。

二哥平静了自己的情绪，这才显得轻松起来，跟我对饮一杯，回忆道，那还是我结婚后的第二年，我已经调到了厂子弟学校，教体育。有天上课时，一个叫陈明亮的学生很调皮，不听我的指挥，竟然从单杠上摔下来，摔断了左腿。当时我还是比较冷静的，并没有把他抬到厂医院去。我明白，厂医院没有两三个月，是根本治不好骨伤的。因此我请来了王师傅给他治伤。王师傅原来跟我同一个宿舍，他继承了祖传的治骨法，所以大家叫他王水师。我曾经多次亲眼见过他治骨的高超技术，没有他治不好的。王师傅的确很厉害，来到学校叫我打一碗水来。他端着那碗水，一根手指头在水上画了几个符，然后朝着陈明亮的断腿上猛地喷射，像一片腾起的水雾，然后再拿黑色草药敷在腿上。那时候，厂子弟学校也接收附近的农村子女，陈明亮是农村人，家里距离厂子有五里路，我便带着几个学生，用担架把他抬回家。他父母看见陈明亮这副样子，伤心地哭了起来，也有点埋怨我。我急忙说明了情况，还特意说了王师傅治骨伤的功夫，是何等高超。这样陈明亮父母才稍稍放下心来，并且很感激我，没有一点指责我的意思了。临走时，陈父还拉着我，故意走在学生们后面，并且悄悄地对我说，叫我星期天再来他家里，还要我把王师傅也请过来。我不明白他的意思，如果仅仅是请客吃饭，也不必如此神秘吧，像国家机密似的。我拒绝了他的好意。陈父却很固执，竟然像细把戏一样，跟我大幅度地拉了拉手，似乎这是个不可悔改的约定。

我感到有点好奇。

星期天，我和王师傅如约而去。当时我还以为是陈父不放心陈明亮的伤势，所以特意让我带着王师傅去看看。我买了一点水果，便向陈家走去。

陈家的那种客气，已经大大地超出了我们的意外。其实陈家要留我们吃饭，这并不令人感到奇怪，陈家却似乎早已做好了充分的准备，竟然捉了不少黄鳝、五只石蛙，还有一只团鱼，团鱼起码有四斤重。这些野生的东西，无疑比鸡鸭鱼珍稀多了。我以为陈父会端出米酒来款待我们，因为乡下也只能喝米酒。陈父却微微一笑，搬出早已摆在堂屋角落的酒坛子。我一看那个还沾着泥土的坛子，心里不由大喜，判定这肯定是醯酴酒，便向王师傅投去激动的目光。王师傅眯着眼睛，会意地点了点头，也明白这是醯酴酒无疑。

陈父指着酒坛子，解释说，这还是我父亲结婚时候埋下来的，算起来，应该有四十五年了吧，我却一直舍不得喝。今天来了你们两位稀客，我才把它挖出来，是特意感谢你们的。

陈家只有陈明亮一根独苗，所以他这种心情我还是很理解的，至少没有落下残疾吧。

王师傅看了看陈明亮的伤势，蛮有把握地说，问题不大，不出一个月，保证能下地走路，而且绝对不会留下任何后遗症。

陈家人听罢都很高兴，再三感谢王师傅。王师傅说，你们要感谢就感谢姜老师吧，不是他叫我来给你崽治伤，恐怕就没有今天这个效果了。陈父连忙说，你们都是我要感谢的贵人。陈父蛮有意思，一直等到饭菜快要上桌了，他才小心地打开酒坛子，同样花费了很大的工夫。先拿铁锤敲开糯米泥，再用刀子把火蜡撬开。陈父额头上冒出了一层汗珠，一粒粒晶莹透亮。

我希望瞬间便能闻到那种酒香味，更希望这种酒香在屋子里迅速弥漫。让我们感到不妙的状况突然出现了，酒坛子居然没有香气散发出来，它似乎像件古老的文物，死气沉沉地供我们观赏。我用力地吸了几口气，也没有香气钻进鼻子。陈父不太相信，鼓大眼睛，往坛子里面察看，然后又犹疑地伸出一只手，在坛子里摸索，手抽出来时，竟然没有晶亮的酒水。就可见坛子里没有一滴酒了，甚至连鸡骨头的残留物也没有了。

陈父怔怔地望着坛子，既尴尬，又惊异，好像自己哄骗了我们。

　　我和王师傅也看了看坛子，坛子里确无任何内容，不由满脸疑惑。

　　陈父连声说，出鬼了，出鬼了。

　　我说，这是绝对不可能的吧？

　　陈父没有接腔，苦着脸色，怔怔地望着坛子，恨不得使个法术，让坛子里变出酒来。

　　王师傅抽着烟，没有说话，好像在暗自分析着这件怪事。

　　既然醹醿酒喝不成了，陈父在遗憾抱愧之余，只能拿出米酒来招待我们，并且连连道歉，对不起，对不起。他一脸愧色，眼睛都不敢直视我们，似乎自己是个大骗子。喝着，喝着，陈父突然把酒杯一放，转过身子，放声大哭起来，肩膀不断地抽搐着。我们一惊，急忙劝说道，这不是你的事呀。王师傅说，大概是让山神喝掉了吧。陈父竟然继续大哭。我们无法劝阻，便任随他大哭。我明白陈父的心理，他本来是想好好招待我们的，谁知埋藏多年的酒坛子，竟然空空如也，似乎觉得自己欺骗了我们，不由愧疚和悔恨，还有说不尽的疑惑。所以这也证明陈父是个坦诚之人，容不得谎言发生在自己身上。而这又不能怪他。陈父呜呜地哭了很久，最终觉得这样会怠慢我们，伸手往脸上一抹，响响地擤了擤鼻子，又说，对不起，失态了。我和王师傅马上敬酒，说，喝酒，喝酒。并安慰道，没有喝到醹醿酒，也不要紧，只要陈明亮的腿伤能快点恢复，就是一大幸事呀。陈父听罢，点点头，这才有点释怀，并频频地给我们敬酒，还不断地给我们夹菜。

喝着喝着，陈父忽然提出说，我们还是去看看埋酒坛子的地方吧。

我明白，陈父还是担心我们不相信他的话。

我便说，没必要看了吧。

王师傅也说，没有必要。

陈父固执地说，还是很有必要的，让你们去看看这件怪事吧。说罢，酒杯一放，像个敬业的警察，一定要我们去看看现场，又拿起手电筒，催促说，走吧，走吧。

我看王师傅一眼，王师傅点了点头。陈父的话说到了这个份上，我们不答应也过意不去的。

我们跟随陈父出门，先是沿着一条狭窄的田基走，走了一里多路，便来到了山上。那座山并不高大，树林却很茂密。雀鸟叽叽喳喳，飞上飞下，似乎在欢迎我们这些陌生人。陈父领着我们在山上走着，然后来到一个山坎边。我看见那里挖出了一个大洞，洞口是横着进去的，足有半人高，外面还有被挖掉的大量刺蓬，像一堆灌木在生长着。旁边还有一块扁形的石头，有一米见方。陈父指着洞穴说，就是在这里。还说，这些刺蓬还是我父亲当年栽下的，遮掩着这块扁形石头，扁形石头是埋藏酒坛子的重要标记。把它搬开后，直接往里面深挖一米，便是酒坛子的位置。说罢，陈父把手电筒递给我，说，你先进去看看吧。

我打开手电筒，弯着腰身走进去，大约一米处，确有个酒坛子的印痕，呈剖面，像半边凹陷的圆形。我伸手摸了摸那个剖面，土壁十分光滑，泥土紧实，没有丝毫松垮，也看不出有任何移动的痕迹。所以我可以断定，酒坛子并没有被人挖过。接着王师傅也进去看了看，走出来说，不像是被人偷走的。

陈父一只脚站在扁形石头上，强调说，你们都看到了吧，这个酒坛子没有丝毫搬动的迹象，从剖面的泥土来看，泥土是紧紧地贴着它的，而且坛口仍然封得死死的，没有启开的痕迹。这个，你们刚才也看到了吧，我还是费了老大的力气，才把它打开的。再说，那个偷酒者即使把酒滗入自带的空坛子里，也没有必要再把这个酒坛子封死。因为用糯米泥和火蜡封坛口，并不是那么容易的，这属于多此一举。再退一步说，可能是年岁已久，坛中酒已经全部挥发了，那么鸡骨头的沉淀物也会挥发吗？

然后我们一路感叹，一路猜测，回到屋里继续喝酒。

出现了这种罕见之事，我们仍然边喝酒边猜测，这缸美酒是否被人偷走了。那么，偷者又怎么晓得这个埋藏之地？按说，陈父的父亲埋藏酒坛子时，是极为保密的，谁也不晓得，谁也不会告诉，除了陈父。陈父说，他父亲的确只告诉了他，关于埋藏的地点及标记，他都深深地记在了脑子里，还悄悄地去看过那个地点。至于家里人，谁也不清楚，他要恪守这个古老的规矩。陈父为了强调其真实性，还回忆起当年父亲告诉他的情景，甚至连当时射进屋里的阳光，都能准确地描述出来，让我们似乎闻到了当时阳光的味道，还看到了他老父奄奄一息的样子。另外我们还有不解之处，这个狡猾的偷酒者，既然打算偷酒，那也要把酒坛子一起偷走呀，这样更方便更节省时间，这个贼不可能带来了空坛子，然后把酒滗进那个空坛子。这似乎又不太可能。二哥当时还问过刘父，你把坛子挖出来抬到屋里时，你没有觉得坛子很轻吗？刘父回答说，我根本就没有想到这一点，因为坛子跟糯米泥还是有点重量的，况且这么多年过去了，我不可能还估量到它的重量，只是感觉到坛子的确轻了一点，想必是坛中酒挥发了一些吧，也不可能没有一滴酒了吧。

总之，疑点重重。

二哥接着说，那餐饭，三个男人便围绕着醽醁酒的消失之谜，频频展开热烈的讨论，像在召开醽醁酒消失之谜的学术研讨会，气氛严肃而不失活泼，时有笑声，时有沉思，时有争论。三个人抢着发言，迫不及待地把自己的观点陈述出来。有意思的是，它居然成了我们的下酒菜，似乎这是一道精神大餐，能解决我们内心的疑虑与怀疑，能对这个世界发出质问。我们还测猜了多种可能性，那些可能性大约连福尔摩斯都想象不到。尽管如此，我们还是无法解开这个谜。所以我们虽然有些沮丧，却也比较兴奋，以至于把三种野生美味都忘记夸赞了几句。

这次学术研讨会的成果是，三个人虽然酩酊大醉，仍然对于这个不解之谜，各自在胡言乱语地发挥着，似乎都想让自己的观点独占鳌头。其实谁也说服不了谁。那天晚上，我和王师傅只好歇于陈家，第二天才赶回厂里。

尽管这事已过去多年，二哥眼里仍然闪出一丝迷惑，那丝迷惑中，似乎含有历史的尘埃。

我也觉得，这件不解之谜的确很有意思，它不仅仅在于是否能喝上这种酒，而是对于坛中酒的神秘消失，启动了他们无穷的想象，嘭嘭地叩击着埋藏谜底的那扇厚重的大门。

我抿了口酒，以为故事已到此结束。

二哥递来一根烟，自己也抽起来。

二哥忽然说，谁料四十八年后，陈明亮突然打电话给我，说，姜老师，四十五年前，你跟王水师来我家里，没有喝到醺酥酒，为此我父亲心里一直非常难受，也非常愧疚，仍然觉得是自己骗了你们。其实那件事情的确很奇怪，到现在我也没有想明白，坛中酒到底哪里去了？真的是山神喝了吗？所以我父亲第三天又在山上埋了一坛酒，杀了两只母鸡放进坛子里。九年前，他临走时特意告诉我，这坛酒谁来了也不能喝，一定要埋上四十五年再送给你，这样他在九泉之下才能安心。所以我一直记着这件事情的。我甚至还考虑过，我如果提前走了，那也要告诉我的崽，到时候让他来送给你。嘿嘿，现在看来，还是要让我来送给你，这就是缘分嘞。而且我晓得你快进七十岁了，又恰好是四十五年，因此我准备把这坛酒挖出来，权当一份寿礼吧。挂了电话，我为陈家父子的这个举动，感动得流下泪来。我感慨，我叹息，我无法平静下来。我想起了憨厚诚实的陈父，还想起了我们关于醽醁酒之谜的种种猜测。你说说看，如今还能找到多少像陈父这样的人呢？

二哥很激动，取下眼镜擦了擦，戴上又说，明天就是我生日，陈明亮说了，他明天上午送酒来。

我听罢，唏嘘不已。

摆渡谣

十六岁起就摆渡，接送来往的过渡客。

一支篙，两叶桨，是从父亲手中接过来的。娘已病逝多年，仅父女俩过日子。父亲摆渡，她煮饭菜，操劳家务。父亲是那年秋天走的，临死前说，妹子，你先摆渡，哪天有人瞄中了你，你就跟人走吧。

按说，渡口是人来人往之地，有许多机会供她选择。她却没有看中任何后生，好像讨她的后生还蹲在娘肚子里，没有生下来。现在屋里空荡荡的。偶尔，只有从河里传来大鱼掀动水浪的声音，叭叭——

当然，也会清脆地响来过渡客高低不齐的笑语。

宽阔的河流像深蓝色的长带子，缠绕着大地。缠绕了千百年，也把她缠在身边，一缠许多年。

　　那天她独自抄起桨篙摆渡，竟然没有一丝生疏，像个老练的摆渡人，把小船梭过来，又梭过去，像一只穿梭不息的织布梭子。宽阔的蓝色河面，便是织出来的布匹。这是多年来跟父亲学的。第一天摆渡时，她含着泪水，遥望着对面的大山，那里埋葬了她的爷娘。她一边划桨，一边默默地说，爷老倌啊，娘老子啊，你们都走了，世上只剩下我一个人了，你们要保佑我莫出事嘞。

　　过渡客们望着这个嫩小的摆渡人，惊讶地问，你不怕吗？你爷老倌呢？

　　她指着对岸的大山，说，在那里。

　　又问，你娘老子呢？

　　又指着对岸墨绿色的大山，说，也在那里。

　　过渡客不问了，目光中流露出钦佩和隐隐的担忧。

　　钦佩无须多说，担忧还是有的。嫩妹子家孤守河岸，像一朵鲜花开在路边，难道没有邪男人粗野地摘采吗？

　　当然是有的。

　　一天夜里，无人过渡。她坐在屋里，一梭一梭地补着渔网。突然听到匆匆的脚步声，惊动夜色的寂静。她以为是过渡客，又奇怪这个人怎么不喊她。正有些疑惑，外面的人竟然霸蛮地撞开屋门，猛地朝她扑来。那是个很高的陌生男人，鼻子粗大，通红，眼珠子贼亮。来者不善，她敏捷地举起桨叶，恶喊，你莫过来，当心老娘一桨砍死你。那个男人不相信她会砍人，搓动着贪婪的双手，嘻嘻哈哈地说，我是来陪你的，你一个人不孤单吗？我这是好心嘞。边说边厚着脸皮冲过来。

她不客气了，叭地一桨挥过去，砍在男人脑壳上。顿时鲜血像黑色蚯蚓爬出来。那个男人惊恐万分，怔了怔，抱着血糊糊的脑壳，飞快地溜掉了。

她气愤地冲到门口，朝黑夜大喊，你想欺负老娘，你不要以为老娘是路边草，想踩就踩。骂声像一道道闪电，剪开厚厚的夜幕，箭一般直随黑影飙去。

紧接着，委屈的泪水便哗哗流了下来。

过后，她觉得自己太大意。平时为了进出方便，门都没有闩。当然从那夜起，她开始警惕起来，门牢牢地闩紧，一叶桨斜立在床边。

她痛恨那个家伙，又很想再次看到他。到时候她要当众教训他。遗憾的是，再没有看到了。他应该还是要过渡吧，不会从这个世上消失了吧。

她这才意识到，自己长大了。胸脯上的蜜包也鼓起来了，屁股也浑圆了，难怪有邪男人来打主意了。还有，夜里常常做那种梦。当然也不是说她没有跟男人睡过。那要看她的心情，还要看那个人长得顺眼不。是的，起码看上去要顺眼。那些尖嘴猴腮的人，她根本就不感兴趣。

十八岁那年夏天，一天下午，渡口寂静。她坐在屋门口看鸡打架，色彩斑斓的公鸡突然骑在黄母鸡背上，激动地扑打起来。欢愉的叫声惊动周边的青草，连青草也激动起来。

她也激动了，脸悄然地红起来。

这时有个过渡客走过来，说要过河。

她一看，后生长得蛮清秀，衣裤也很整洁。戴一顶金黄色斗笠，穿着新草鞋，显得很客气。

她没有马上去摆渡，竟然破天荒地说，天太热了，你也不歇歇吗？

说罢，也不管人家愿不愿意，起身进屋，端碗凉茶递过去。

后生有点讶然，拘谨地接下来，腼腆地说声谢谢。一仰颈根，咕嘟一口喝掉。

当时她内心微微一颤。她喜欢这样懂礼性的人，不喜欢那种邪人，更不喜欢别人对她下蛮。她喜欢两情相悦，自然而然。她也没有问后生是哪里人，要到哪里去。她痴痴地望着后生，又害羞地别过脸，远远地看着像一片树叶的小船。然后好像下了大决心，圆润的下巴朝屋里一扬。聪明的后生明白她的意思，激动地跟她走进屋里。然后那扇门便吱呀地关上了，把阳光、草地和河流通通地关在外面，还有停泊在河边的小船。

在床铺上，两人都没有说话，只有激动和努力的古怪声，在小屋里荡来荡去，荡出汗津津的颤动。直到出门时，两人也没有问对方的名字，没有说话，似乎有种莽撞后的害羞和后怕。即使在小船上，两人也没有开口，甚至没有对视一眼，只有她手中的桨，发出哗哗的湿淋淋的响声。

那真是一种奇特而微妙的感觉。

后生走上岸，居然没有回转看一眼，好像要匆忙地躲开她，躲开这个放纵之地。然后消失在隐约的山路上，茂密的树林立即覆盖了他的身影。

他便这样悄然地走了，走得那样决绝和果断。她天天盼，盼望战栗的温存再次到来，可那个人却再也没有出现了，像一粒流星倏地消失，再也回不到遥远的天际了。她弄不懂，他为什么不来了，他大概是惧怕了吧，还是怕她缠他一世呢？他起码还要来过渡吧，难道他不是这地方上的人吗？她很失望，又希望他突然出现在河边，微笑地喊她摆渡。她想，如果他再次出现，那还喊不喊他进屋呢？

想想，脸就发火烧。

她埋怨那个人，在那之后就不想我了。她觉得他心太狠，幸亏没有栽下种子。如果栽下种子，有了他的崽女，他也不来看看吗？他不可能猜测到没有给她装上窑，他又不是神仙。既然不是，那就要来探个虚实呀。她既想有他的种子——那起码就有了牵挂和热闹，河边便会响起稚嫩的哭笑。绿茵茵的草地上，便会摇晃出踉踉跄跄矮小的身影。却又庆幸没有他的种子——栽种子的人太坏了，都不来看看咿咿呀呀的果实，所以不再想他了。也许跟他仅仅是种缘分。而且是一次的缘分，老天爷不再精心安排第二次了。

当然，还是想在许多的过渡客中看到他。

有一回，有几个后生过渡。其中有个后生，也有那个人那样高，也很整洁，也戴一顶金黄色斗笠。她很想看看他的脸，后生的斗笠是栽下来的，把脸遮住了。后生不抬起脑壳，更不说话，所以她无法看清楚。当时她很想说些什么，逗那个后生抬头，好让她看个清楚。又觉得那样太莽撞，担心别人笑话。她想，他应该是那个男人，他肯定是怕她缠，所以偏不让她看到自己。却又怀疑不是那个人，如果是，也可以看我一眼。

她觉得那个人没有丝毫情意。像这样的人，也不值得牵挂。日久天长，那个人便在她脑壳里渐渐淡忘了。

其实多年来，也有好几个过渡客看中她的，并且认真地说要带她走。还有的人更为慎重，说要托媒婆来相亲。当然那还是她年轻的时候。那时候，她结实、水灵，有种刚劲和柔软的乖态，实在让人惊喜。

她一桨一桨地摇着，明知故问，那你要带我到哪里去？或问，叫媒婆来做什么？

人家便笑起说，哎呀，当然是带到我屋里去呀，给我做婆娘嘛。或说，哎呀，是叫媒婆来提亲的嘛。

她大胆地看看对方，摇摇头，干脆地说，我没有看中你嘞。

说得对方满脸羞愧。他们都没有料到，这个孤女的眼光如此之高，竟然不幸地碰了个钉子。然后迫不及待地往河岸上一跳，悻悻然地走掉了。

望着人家走上河岸，她又有点内疚。暗骂自己，哎呀，你嘴巴也太利了，刀子样的，差点把人家的脸皮剐下来了。下次，你要好生说话嘞，你这样做是不带爱相的嘞。骂完，伸手把嘴巴揪几下，以示惩罚。只是到了下回，碰到同样的情景，臭嘴巴竟然又不饶人。

她好像对那些人没有动过心，一点都没有动过，主要是看不顺眼。不是三角眼，便是瘪鼻子；不是麻子，便是歪嘴巴。真正动过心的，还是跟自己睡过的那个人，却再也没有看到了。是的，再没有看到像那个人一样顺眼的后生了，所以她感到十分沮丧。时过境迁，她又怀疑起那年发生过的风流事，它是否真的发生过呢？或许只是一个梦幻吧？

无事时，她喜欢站在河边，看着清澈的河水。远看活跃在河上的水鸭子，它们像一粒粒游动的黑豆子。近看印在水中的脸，把河水当成一面巨大的天然镜子。那面巨大的镜子依然如昨，却渐渐地把印在上面的那张脸照老了、照丑了。脸上的皮肤起先还是嫩嫩的，雨水和阳光在上面都站不住脚，一滑，便滑了下来。后来脸上起细纹了。细纹呢，悄悄地化成了粗糙的皱纹，雨水和阳光竟然能稳稳地站住，滑不下来了。再然后呢，白发哧哧地钻了出来，好像是来给脸上的皱纹凑热闹，一起残酷地推着她往老里走去。她想用手抹平讨厌的皱纹，却怎么也抹不平。又掬河水洗，试图洗掉讨厌的皱纹，却也无用。哦，那就一根一根扯白发吧，扯掉这些年轮的标记。扯了，它们又顽强地钻了出来，好像在跟她斗气。既然抹不平皱纹，又扯不完白发，也就不去费这个心思了，随它们去吧。

小屋立在河岸上，离河边五十多米，是间孤零零的小茅屋。

周边是大片的绿草地，将陈旧简陋的小茅屋，衬托出古老和沧桑。当然还有罕见的静谧和安详。除了摆渡，她还喂养了一头猪、一群鸡。另外还种了几块菜地，长着绿生生的蔬菜。开花季节，斑斓多姿的碎花，艳丽在菜地上，像个小花园。

这是她的栖身之地。

她在这里哭着出生，在这里长大，还在这里痛苦地送走了爷娘。

这间饱经风霜的小茅屋，除了那个莽撞闯进来的邪男人，还有那个让她心动的后生，几乎就没有人走进过了。茅屋里没有别人的笑语和气息，唯有她喃喃的自语，或喁喁的梦呓，或轻轻的歌声，当然还有河水清新的淡腥气味。所以小茅屋也显得有几分神秘。即使是过渡的细把戏对它充满了好奇，也不敢贸然走近，手指头塞进嘴巴，怯怯地站在远处张望。

她每次去摆渡，都由白毛猪领头，一群大大小小的鸡则尾随其后，像送客人。它们摇摇晃晃地跟随她来到河岸，说着只有她能听懂的叽叽哼哼的语言。然后看着她跳上渡船，竹篙轻轻一点，小船梭地离开了河岸。然后白毛猪带头往回转，各自快活去了。船一过来，它们竟然像商量好一样，一齐摇旗呐喊来到河岸，激动地叫着、说着。然后簇拥着她回到茅屋，乐此不疲。

在平时，过渡客看到的是一张永远平静的脸。而她内心的变化，是很难从脸上流露出来的。她很少说话，一肚子内容唯有自己明白。过渡客说话，她从不插嘴，侧耳沉静地听着，两眼望着前方，一下一下很有节奏地划着桨，划出被小船剪开的蓝色水面。

她的确不太说话。

有些过渡客喜欢飙口水，问东问西，问一句，她回一句。尤其是那些男客，眼珠子不停地朝着她睃，睃她乖态的脸，睃她胸脯上高耸的蜜包，睃她滚圆的屁股。当然也睃她长长的手臂，结实的脚巴子。甚至还睃她铁钉般粗大的脚趾。有时候，她讨厌那些欣赏而贪婪的目光。有时候呢，又不讨厌，这让她自己也难以解释。如果是女客，她也不太说话，只是注意女客身上的衣裤。若是那种样式好看，便多瞄几眼。若是太一般，便不再继续瞄了。把目光投向对岸，投向对岸青翠的大山。当然若有细把戏过渡，她就瞄着他们笑，那种笑仍然是没有声音的，是长长的微笑。然后说，好丑的嘞，好丑的嘞。当地风俗，说细把戏长得丑，其实是夸奖，是说长得乖态。她还伸手摸摸那些小脑壳，叫他们坐稳当，免得掉到河里喂了鱼虾。还有的过渡客以为要数钱，坐在船上晃荡着，手里摸出钱来，仰着脸递去。她微微一笑，说，收起，收起。

语气里，有种不容置疑的固执。

她不收钱。

不是她不想收，是父亲交代过的，不准收过渡钱。她问为什么不收，父亲叹息地说，这是他们在替祖宗赎罪嘞，所以这个钱收不得。她晓得父亲从来也没有收过钱的，又惊疑地问，为什么叫我们替祖宗赎罪？祖宗犯过什么罪？每次问，父亲都不说话，脸色苍白，目光忧郁地望着河流，似在回忆祖宗的桩桩罪孽。所以她至今也不明白祖宗的罪孽是什么。既然父亲这样说了，那么就照着他所说的去做吧。

夜晚呢，便在昏黄的油灯下，煮猪潲，或缝补，补衣服、补渔网。

偶尔，有过渡客急切的声音在夜色中响起，摆渡嘞——

她赶紧放下手里的功夫，点燃马灯，一手提着马灯，一手摸桨出门。大声回道，来了嘞——，马灯便一晃一晃，亮在黑沉沉的夜色里，向如梦般的河边闪烁而去。

即使是夜晚下着小雨，她也不敢迟疑，一灯一桨地朝河边走去，把猪的梦呓声和鸡的梦呓声丢在身后。

细细回忆，摆了多年的渡，好像只有一回是半夜三更被人喊起来的。而且是个狂风暴雨之夜。那夜晚，茅屋门突然被人擂响，擂得那样急迫，似乎容不得一秒的迟疑和犹豫。当时她已经睡死了，做着梦，还梦到了爷娘。爷娘说，妹子，你要注意嘞，莫翻了船嘞。潮湿的擂门声，仍然不停地响，终于把她吵醒了。

开门一看，是个神色惊慌的女人。

披着雨衣，脸色惨白，怀里还抱着两三岁的嫩崽。虽说披了雨衣，雨水还是湿透了母子。女人头发散乱，滴滴答答地滴着雨水。女人焦虑、害怕，用哀求的口气说，大姐，求求你了，快把我送到对河去吧，有人要来抓我了。说着，哭起来，又紧张地往后面看，担心追赶的人出现。

望着哗啦啦的暴雨，狂风像癫子样呼啸，她居然没有犹豫，也没有问缘由。她明白现在四处抓人，看来这个女人也属于抓捕之例。这次她没有点马灯，马灯会惊动追赶者。她一手抓着桨，一手从女人怀里把细把戏夹住，果断地说，快跟我来。顿时女人脸上流露出许多的感激，跌跌撞撞地跟她往河边跑去。

狂风肆虐，暴雨猛泄。河流像发癫了，水浪凶狠，一波一波扑打过来，把小船打得东倒西歪，随时都有翻船的可能。如果在平时，她是不会摆渡的，像这样凶险的风雨之夜，她没有把握。那么她便会劝告过渡客，还是等到天亮吧，等到风雨息了再过渡吧。今夜她什么话也没有说，只说了一句，快跟我来吧。

小船上，她扶着母子俩坐稳。然后牢稳地立在船头，抓紧竹篙，拼命地朝对河撑去。桨叶丢在一边，显然失去了作用，只有靠竹篙的力量，竹篙才能调整小船的方向，以及稳定船身。水浪汹涌不息，大风怒吼，整个世界漆黑一片，小船像只鞋子漂浮在水面上，随时都有被浪涛吞噬的危险。女人不时地发出惊叫，细把戏吓得呜呜大哭。她劝道，莫慌张，有我在。

她的脚趾几乎抠进了船板，自己好像一枚粗大的铁钉，死死地揳进厚厚的船板里。她根本没有想到过翻船，只想安全地把母子俩送到对岸，送一条逃命的生路。没有马灯，厚墙般的风雨和漆黑，挡住了视线。现在她是凭着感觉和经验在摆渡，要把飘摇在风雨中的小船，险象环生地划向对岸。

其实刚出门时，她心里还有点惧怕。这样恶劣的鬼天气，她从来也没有摆过渡，没有跟它斗过法。一旦抓起竹篙，走上小船，心里的舵竟然稳住了，把惧怕赶到汹涌的波浪里去了。一直到对岸，牵着那对母子站在泥泞的地上，她才长长地透口气。

为此，她很佩服自己。

她急切地说，快点走吧。

女人说声谢谢，匆忙在漆黑的风雨中走远了。

等她匆促地把小船撑过来，回到小茅屋换了衣服，把脑壳上脸上的雨水擦干，茅屋门就被人擂响了。她佯装睡熟，让他们死劲擂，死劲喊。擂了半天，喊了半天，她才开门。

哎呀，竟然有十几个人打起手电筒站在门口，恶狠狠地问，刚刚有一对母子过渡了吗？

她从容地回道，这个鬼天气，哪里还有人过渡？就是有，我也不会摆渡的，这是要丢命的嘞。

那伙人不相信，几根手电筒光交叉地朝茅屋里乱射，射出了一片空洞和寂静。

险情终于过去了。

她心里却总是挂记那对母子的安危。抓是抓不到了，只是不晓得那对母子躲在哪里。对于那个细把戏来说，以后可能不记得这个风雨之夜了，不记得这个危险的场景了，而那个做娘的，还记得吗？她是否记得有个女人给她摆渡吗？她是否明白摆渡的女人是拼了命的吗？又想，哎呀，想这些做什么，难道还要人家报恩吗？过去的就过去了。就像这条宽广的河流，它渡过了多少人，滋润了多少土地多少人，它哪里还记得呢？它也不会期盼人们的回报。

想到这里，她不由得感到许多羞愧。

白天如果碰到好天气，她喜欢躺在绿色的草地上。那些一寸高矮的青草，厚实柔软，宽大的草地上，耸立着无数瘦长的草茎。草茎的头顶上，直立着鲜花。红色的、紫色的、白色的，共同点缀阔大的绿草地。当然还有显得突兀的狗尾巴草，居然一片银白，茸茸而无声地摆动着，像无数支毛笔，随意在草地上空涂鸦。她摊开四肢，摊出一个柔韧的大字来，让阳光温和地涂在身上。她闭上眼睛，贪婪地闻着草地绿色而清新的气味，太阳红色而微醺的气味，还有河水蓝色而淡腥的气味。她觉得这些气味能舒筋活血，驱赶积聚的疲惫，让怠倦的身体恢复过来。

白毛猪和一群彩色的鸡也围在身边。它们很懂事，也不闹不叫了，像她一样，安静地卧下来，闭目养神，似乎害怕惊醒主人的美梦。一定要等到她睁开眼睛站起来，它们才欢蹦乱跳，叽叽哼哼，像是刚从主人的美梦中走出来。几只公鸡伸起颈根，尖厉地发出亢奋的长长叫声，好像老天放亮了。

当然，碰到好天气的夜晚，她便盘腿坐在草地上，凝望着一河闪烁的星星。觉得那些星星已是水淋淋的了，像在慷慨地为夜间游动的鱼虾照明。其实她有个隐秘的想法，希望有个顺眼的男人来陪伴她，也盘腿坐在自己身边，不说话，望着寂静的天地和河流，神思飞扬。夜深了，两人便牵手朝茅屋走去。奇怪的是，这个隐秘的念头，往往只在晚上闪现，白天是不会闪现的。白天好像是这个隐秘念头的克星。她感到一丝羞怯，想用歌声来驱散它，然后便轻轻地唱起来——

> 有歌好唱莫怕丑，竹子横吹莫发愁。
> 谁人禁得风流子，塞断长江水不流。
> 大雾蒙蒙不见山，河水弯弯不见船。
> 隔日不见情哥面，好像屋里缺油盐。

又唱——

> 郎有意，姐有心，哪怕山高水又深。
> 山高自有人走路，水深也有摆渡人。
> 入山看见藤缠树，出山看见树缠藤。
> 树死藤生缠到底，藤死紧紧把树缠。

唱着唱着，浑身的血便奔涌起来，脸上发火烧，手心冒汗珠。她警惕地朝四周看，看是否有人听到，听到这大胆而多情的山歌。其实在那样的夜晚，没有谁能听到，渡口离村落很远，只有河流在倾听，还有对面黑黝黝的起伏的山脉。

当然她也到河里捕鱼。

如果没有过渡客，她便站在小船上用力一甩，把渔网宽大而薄薄地撒下去，撒出一网阳光的金斑。然后再慢慢收网，收获起银白色的湿漉漉的鱼。鱼在船舱不断地跳动，似是很不情愿就这样轻易地被捕获，鼓起眼珠子望她，祈求放它们一马。

然后她走上岸来，把一堆鲜鱼利索地剖掉，抹上盐。又抱来一蓬茅草熏鱼。渐渐地，鱼便熏出了一页一页金黄来。再把它们一线线挂在屋檐下，像一枚枚鼓形的巨大金币。河风徐徐吹来，干鱼轻盈晃动，好像又活了过来，只是改变了颜色。

当然每年最为热闹和繁忙的，还是腊月二十四。那天是过小年，是乡村杀猪蒸酒打豆腐的日子。她不蒸酒，也不打豆腐，猪还是要杀的。

那天，一般是阴沉沉的天气。云层像一床无边的棉絮挂在天空上，寒风在草地上随心所欲地扫荡。她请来麻屠夫杀猪。麻屠夫在草地上摆开架势，板凳、脚盆、木架子，还有刀子叮叮当当脆响，响出屠杀前的威风和气势。她帮着麻屠夫把肥猪揪住，肥猪尖厉地嘶叫挣扎，眼睛可怜地望着她。她偏过脸，不敢看那双哀求的眼睛，催促麻屠夫快点下手。似乎再有所迟缓，她很可能就要改变主意。麻屠夫嘴里叼着刀子，迅速地取下来，然后寒光一闪，狠劲而准确地往猪喉咙里一捅，鲜血噗地飙出来。然后让麻屠夫独自忙碌，她要赶到渡口去了。

那天，办年货的人很多，来来往往，挑箩排担，她不能误人家的工夫。所以那天她是最繁忙的，小船梭来梭去，几乎没有气歇。到夜里，还要把肉一刀一刀地抹上盐，又一刀一刀地挂在灶梁上。这样一年的荤菜便不要操心了。

她就是这样风雨昼夜地摆渡，摆得光滑的脸起了皱，乌发钻出了更多的银白色，唯有那双眼睛，总是沉静地看着对岸，自信而安详。这种镇定的神态，给过渡客有种安全的保证。过渡客的生命，能向两岸无限地延伸。而她的生命，仅仅在几十丈宽的河面上来来往往。年年岁岁，繁复而单调。她似乎从来没有感到过乏味，桨篙所搅动的晶莹浪花，大约给她带来了无尽的享受。船上各式各样的过渡客，大约给了她许多新鲜的感受。

大概谁也没有想过，她从十六岁起，便在这个叫清凉渡的地方摆渡了。从未嫁人，孤单度日。一船，一篙，一桨，是她亲密无间的伴侣，生命博动的旋律。附近的老辈人，可能还清楚她的身世。几十年过去，后辈人就不见得清楚了。所以都不明白她为什么偏偏看中了这条河流，并且固执地在这里度过孤独的一生。

想必，其中有个令人伤心的故事吧。

一个属于她自己的故事。

她却没有把这个故事向任何人透露过。

似乎也没有姓名，过渡客都是以她的年纪来称呼的。刚开始时，自然都叫妹子。后来呢，自然都叫大姐。再后来呢，自然都叫大嫂。又再后来呢，自然都叫大娘。最后呢，当然就都叫老奶奶了。

许多年来，她恪守父亲定下的规矩，从来没有收过渡钱。任你风里雨里喊，白天黑夜叫，一叶桨总是不声不响地向你划来。岁月更迭，她那双强劲有力的手，依然强劲有力。十个脚趾，仍然像铁钉一般。皮肤呢，便渐渐地苍老了。吸多了风雨霜雪的脸，竟然变成了古铜色，发出黯淡的光泽。陪伴她几十年的清悠悠的河水，也没能挽留住她的青春。

令人不可思议的是，她一辈子似乎没有生过病，小病小痛也没有过，好像天生是个摆渡的命。如果生病了，谁来接送过渡客呢？所以日日摆渡，把日子一天天摆走了，身子骨还是那样结实。

某天，几个男女过渡，喊她。

喊了几声，却不见她出来。

再喊，也不见她走出小茅屋。

疑想，莫非病了吧？

便派个大胆的后生走进小茅屋看。

茅屋里光线灰暗，只见老人白衣黑裤，端坐在矮竹椅上。裤子是卷起来的，两腿弯曲，赤着宽厚的脚板，似乎随时要去摆渡。脚趾像十根粗大的棕色胡萝卜。脚指甲是铁锈色的，近乎黑色。脑壳斜伏在右肩，光斑聚集在左脸的颧骨上。几绺白发散落下来，像距离很远的瀑布。那张布满褐色斑点的瘦脸，平静而安详。她两眼微闭，好像是太累了，稍稍瞌睡而已，似乎还能听到轻微的呼吸声。怀里斜放着一叶桨，双手环抱，桨叶被河水浸泡成了棕黑色，唯有桨把被抚摸出洁亮的铜色光泽。桨叶像生铁铸成的，似是一件防身的武器。

那人客气地说，老奶奶，麻烦你，我们要过渡。

她不说话，也不睁开眼睛，似是没有听到。

那人张开嘴巴，突然怔住了。

这时，天空中仿佛响起了水淋淋的歌声——

天上起云三日阴，遮掉河下龙翻身，
大龙翻身三日雨，小龙翻身三日阴，
娇莲翻身想情人。
……

鸟　铳

1

涂真新的命运似乎是从鸟铳开始转折的。

涂真新的书读得不错，上世纪八十年代初就考上了省师范学院，这在家乡无疑是个特大新闻。他所在的学校，当年仅仅考上他一个本科生，其他几个是大专。

到了大学，那些说着各自家乡话的同学，都在尽力地学习说普通话，大家以后都是教书的，晓得不说普通话是不行的。所以食堂里、寝室内、走廊上甚至厕所边，不断地响起一片儿儿儿的声音。当然开始学得都不像，所以相互间又放肆嘲笑。

后来大家多少晓得说普通话了，唯有涂真新怎么也不愿意学，其态度十分固执，并且还嘲讽别人，儿儿儿，儿你个鬼脑壳。他不学普通话，当然就会经常闹出笑话来。有一次他一本正经地说，哎呀，油豆腐的小说写得不错嘞。别人听不懂，一怔，心想，古今中外的作家没有叫油豆腐的，就是笔名也没有吧，他的嘴里怎么拱出个油豆腐？别人疑惑地问，喂，油豆腐是哪个？涂真新嘴边便漾出一丝嘲讽，喊，亏你们还读中文系，连油豆腐都不晓得。然后气嘟嘟地拿笔写出来。别人一看，顿时捂着肚子笑翻天。他娘的，原来是郁达夫。这隔了十万八千里呀。后来有人干脆叫他油豆腐。

涂真新也不怎么反感，甚至还很宽容地笑笑。

涂真新长相并不差，中等个子，黑皮肤，一年四季留着分头，五官除了眼珠子小，鼻子嘴巴还是长得蛮不错的，只是满嘴的土话实在逗人发笑。比如，说送你一朵玫瑰花，从他嘴里出来，居然是"送你一朵麻蝈花"。再比如，说吃肉，他说"吃银"；说冷水，他说"凉薯"；说才子佳人，他说的是"才子教授"；等等。所以涂真新经常遭到别人的嘲笑，都说油豆腐你要改改话嘞，别人都听不懂哦。涂真新不屑地说，你们懂个屁，我的家乡话有很多古音，很值得我们研究的，北大的语言学教授，还来我家乡搞过调查。

说罢，叭地往桌子上一拍，拍出了气势和固执。所以再也无人说他，都说，好好好，那你继续说你的"油豆腐"吧。

四年一晃而过，有关系的同学都分配在省城，或教书，或去报社，或进机关，像一群贪婪的地老鼠，迅速地占据省城的各个角落。涂真新屁关系也没有，只好灰溜溜地回到家乡的县一中教书，这也算是不好不坏吧。当然对于涂真新来说，回到家乡最大的好处是，不必说普通话，舌子不必儿儿儿的，像嘴里塞了一块牛皮糖。他说"油豆腐"，学生听得懂。说"麻蛔"，说"凉薯"，说"教授"，学生也听得懂，丝毫也没有语言上的障碍，有如鱼得水之感。更为重要的是，他并不怎么羡慕那些分到省城的同学，他们那是吃的靠山饭，仰人鼻息而已。他想，老子偏要从农村包围城市，等到哪天老子也荣调到了省城，要让同学们大吃一惊。因为他凭的是自己的硬本事，而不是凭什么鸟关系。

所以涂真新想，老子一定要在三年内，实现农村包围城市的伟大计划。

2

涂真新拿到第一个月工资，很慷慨地给爷娘买了礼物，两瓶好酒和两包桂圆。给两个妹妹每人一个塑料文具盒。全家人高兴得不得了，这毕竟他是涂家第一个吃国家粮的，第一个拿国家工资的。所以爷老倌说，真新啊，我们一家人就靠你了嘞。涂真新连连点头，我晓得，我晓得。

爷娘都是老实的农民，只晓得在田土里寻几个可怜钱，两个妹妹在读书，涂真新是长子，明白自己肩上的担子有多重。当然他每次提着礼物回家，还是很有种自豪感的，村里也会掀起小小的轰动，人们都羡慕地望着他，然后对自己的崽女说，你看人家涂真新，读书好发狠的，现在是县一中的老师了。这些话涂真新当然也听到了，心想，哼，县一中当个老师算什么鸟？老子以后肯定要进省城的，老子以后还要给爷娘砌一栋大屋子。

　　有一天涂真新上作文课，他在黑板上写下《记一件难忘的事》，然后就让学生写。自己在教室里转了两个圈子，觉得有些无聊，反正又不是考试，便信步走出教室。教室外面是个大操坪，四周栽了许多树，树上有许多鸟。

　　这时他看到有个穿黄夹克的后生在打鸟。那时学校也管得不太严，居然能让人进来打鸟。那个后生一铳砰地打过去，总有一两只鸟掉下来，当然也有放空枪的时候。涂真新觉得很有味，便慢慢地走过去，说，哎，让我打一铳吧。后生晓得他是老师，便把鸟铳递给他。涂真新拿过鸟铳，朝树上瞄准，砰地打一铳，居然也打下来一只。这一来他兴趣不减，还要继续打。后生似有讨好之意，便说，你打吧。也不晓得怎么搞的，涂真新第二铳不幸走火，竟然打在一个过路的女老师身上。女老师当即往后一仰，应声倒地。当时余真新吓蒙了，以为出了人命，跑过去一看，女老师躺在地上大哭。他这才明白，幸亏隔得远，火药的力量并不大。虽然没有死人，铁砂却把她的脸上身上打出一片大麻子，像在土地上播种。后生看到出了大事，吓得连鸟铳也不要了，便飞快地逃了出去。

涂真新吓得浑身发抖，他万万没有想到，这居然成了他平生一件难忘之事。

女老师姓麻，长得很乖态，刚刚谈了对象。这一铳却把她生生地毁掉了，其面目跟她的姓很是吻合。麻老师痛苦的叫喊声，惊动了安静的校园，老师们赶紧把麻老师往医院送。然后由学校出面调解，叫麻老师不要报案，报了案，涂真新就会进牢房，那么连屁的赔偿也没有了，还不如叫他赔点钱。经过一番交涉，双方都同意这个方案。这样一来，本来很轻松的涂真新就有事情做了，一旦有空便往学校外面跑，跑什么鬼？借钱。他东借西借，双腿都跑断了，才借到两万六千块赔给麻老师，总算把事情了结。

那时候钱很值钱，还是出万元户的年代，所以两万六是个很大的概念。按现在折算，这笔钱会吓死人。所以那时涂真新的首要任务便是借钱。他简直像条癫狗，手里拿着一个小本子、一支钢笔、一盒印油，日夜奔走在大街小巷，以及宽院窄屋。每次向人家借笔钱，他便记上一笔，打张欠条，签个名字，再慎重地按上手印，为了让人家放心。他每次拿到钱之后，嘴里感激地说，真是太谢谢你了嘞，我一定会还你的嘞。其实那时候人们并没有什么钱，愿意借你一百块，算是蛮够意思的了。涂真新也不管那么多，只要是钱，多少不论，哪怕是五块钱，他也是要借的。想想，这也是够为难他的了。为了凑足两万六，那些零零碎碎的钱，他不晓得打了多少张欠条。当然这个事件只有县城人晓得，并没有传到他爷娘耳里。他对爷娘隐瞒了鸟铳事件，免得他们担心。再说如果让村里人晓得了，脸上也不是那么光彩。

鸟铳事件虽然渐渐地平息下来，涂真新屁股上的屎，却总是揩不掉。你上课打鸟，本不应该，更何况还打伤了人。所以作为对他的处罚，上头把涂真新调到县五中。县五中位于偏远的乡下，条件环境是不能跟一中比的。涂真新当然认罚，提着行李沮丧地来到县五中，望着寂静的山岭，他不由大叹，自认背时。所以人也很消沉，阴着脸色，笑容似乎跟他绝缘，竟然连县城也不去了。他不愿意看到那个伤心之地，那个让人生命运发生转折之地。

自然涂真新也很少回家看爷娘了，以前每个星期都要回去，享受着村里人羡慕的目光。现在一点回家的心情也没有了。一是没有钱买礼物，二是路程也太远。万不得已回去一趟，也没有那种自豪感了。而且都是空着双手，趁着夜色溜进屋里，清早再往学校赶。爷娘发觉他的神情不太对头，便问他出了什么事，他只说教书太忙了。他明白如果说出鸟铳事件，说欠了那么多的钱，爷娘肯定会被活活气死的。

涂真新虽然背时，其婚姻大事还算正常。到县五中不到半年，竟然就稀里糊涂地把婚结了。

婆娘是县五中老师。人长得很丑，小眼睛，厚嘴唇，还有一脸的雀斑，胸部上的蜜包却蛮大，耸耸的像两个篮球，身材像个水桶。叫黄玉兰，外号叫"黄土高原"。她一直找不到对象，想嫁给条件好的吧，人家不点头。让她嫁给农民吧，她又不点头。涂真新调来后，黄土高原也晓得了他的情况，所以主动地追求他。给他端饭洗衣啦，陪他在野外散心啦。她充当着安慰天使，劝涂真新重新振作起来，不要这么消沉。还说人生不如意之事，十有八九。虽说涂真新对黄土高原没有什么感觉，渐渐地，心里也便有了一点触动，人心毕竟是肉长的。人家对你这样好，除非心是铁做的。其实他本来在县城谈了对象的，那个姓匡的妹子家是农业局的会计。两人很有话说，主要是匡妹子也读过几本小说。而且两人打算再过两年就结婚。更重要的是，匡妹子父母都是农业局的，涂真新也见过匡家父母，匡家父母对涂真新比较满意，并不计较他是乡下的。而那砰的一声铳响，不仅让他背了一屁股债，连那个对象也像鸟一样扑闪翅膀吓跑了。

后来涂真新坦率地对黄土高原说，我背了一屁股债嘞，除了那个文凭，我现在是一无所有了。黄土高原急着嫁人，早已憋不住了，便顾不上这七七八八的了。她激动地说，只要青山在，不怕没柴烧。竟然慷慨地从箱子里翻出一个存折，往他面前一甩，十分大气地说，我还有点存款，你拿去还账吧。

这句话像子弹砰地击中了涂真新的胸脯。当时他被深深地感动了，还差点流出眼泪。顿时孤立无援的涂真新，有了种温暖的感觉。他娘的，论长相，黄土高原的确丑了一点。而那个诸葛亮虽身长八尺，容貌甚伟，用现在的话讲，是身材魁梧，相貌堂堂，不是也讨了个丑婆娘黄氏吗？我哪里比得上诸葛亮，那么我讨个丑婆娘黄氏，也没有什么关系吧。

那天在山坡上，涂真新紧紧地抱住黄土高原，激动地说，玉兰，不要说了，明天就去扯结婚证。

扯过结婚证，两人商量到底是否办酒。商量的结果是，从节约的角度出发，喜酒就不办了。当然客气还是要讲的，所以只买了糖粒子发给老师们品尝。老师们闹着要他们请客，并说还要送礼给他们。涂真新双手作揖，连连说，移风易俗，移风易俗。

那么是否带黄土高原给爷娘看看，涂真新左想右思，还是要带她去看爷娘的，这样的大事毕竟是瞒不住的。所以那天涂真新带着黄土高原回父母家，进屋便说，爷娘，我们结婚了。这是黄玉兰，一个学校的。爷娘一看黄土高原那个样子，心里很不高兴，脸色十分难看。暗想，崽的脑壳是进了水吧？崽相貌堂堂，竟然讨了这么个丑婆娘，而且连酒席也没有办。村里人闻讯来看新娘，眼神充满着迷惑和嘲笑，哎呀，真新伢子长得并不差呀，讨的婆娘实在是不敢恭维。其实按照爷娘的想法，崽如果办喜事，至少要办三回喜酒，学校办一回，村里办一回，妹子娘家办一回，要风风光光地热闹一场。现在他讨个这样的丑婆娘，还风光个屁？老脸都让他丢尽了。涂真新明白爷娘很不高兴，准备跟他们说说诸葛亮的婆娘，想了想，又没有说了。吃了餐饭，便带着黄土高原返回学校。

其实涂真新也想办喜酒的，人生里的一件大喜事，应该闹一闹才是。问题是他没有什么本钱闹，屁股上还吊着一坨沉重的债务。在这件事上，黄土高原表现得很大气，说，不办也没有什么关系，少了筷子也要吃肉呀。黄土高原双手十分灵巧，用红纸嚓嚓地剪四个大双喜，门上贴一个，床铺的墙上贴一个，两扇小窗子各贴一个。

这样屋里竟然也有了些喜气。

涂真新的确是一无所有了，除了衣服、被子和书籍，唯有那把让他吃了亏的鸟铳。奇怪的是他并没有丢掉它，大概是把它作为前车之鉴吧。他把鸟铳挂在墙壁上，时时警醒着自己。

3

其实涂真新如果认真教书，并不比别人差，毕竟是堂堂的师范学院毕业生。在那个年代，大学生还是很吃香的。问题是结婚后的涂真新，情绪仍然不是十分高昂，原因是那笔债务像座大山压在他身上。他经常苦笑着对老师们说，旧社会中国人民的脑壳上压着三座大山，今天我脑壳上还压着一座大山。其实作为婆娘，黄土高原还是很不错的，把不多的积蓄全部拿出来，七零八碎地给他还掉一些钱，可毕竟是杯水车薪。涂真新明白，靠几个可怜的工资还债，那还不晓得还到猴年马月。

这样一来，涂真新教书的兴趣不是很大了，总想一下子搬掉压在脑壳上的那座大山。有时候在梦中，甚至梦到自己具有无穷的力量，突然把那座大山搬掉了。当时他是多么高兴，还大声地唱道，天亮了，解放了。唱着唱着，便醒来了。睁开眼睛一看，天黑得一塌糊涂，根本就没有天亮，睡在身边的黄土高原，打着一波一波的猪婆鼾，一切如旧。

现在上作文课，涂真新肯定不会去打鸟了（其实大山上倒是打鸟的好去处），窗外叽叽喳喳的鸟叫声，也不能诱惑他，他不敢忘记血的教训。为了抵抗鸟叫声的诱惑，他坐在讲台上看小说。在那个年代，文学横空出世，杂志很多，作家也多如牛毛。砰一下，冒出一群，砰一下，又冒出一群，像大山上的野草疯长。他们既有名又有利，让涂真新羡慕不已。尤其看到某个作家的简介，也是某某师范学院毕业的，有几个还是他的校友，这对他的触动和刺激就更大了。涂真新想，老子也是那个学院的，他们写得，未必老子就写不得？老子的生活比他们还要扎实，肯定写得过他们的。等到老子写出了名，肯定能搬掉那座大山。那么老子就不当这个鸟老师了，甚至还能调到省城去，气死那些走关系的人，老子一定要从农村包围城市。

所以在他看来，唯一的出路很可能就要依靠文学了。

涂真新认为，这肯定是老天爷给他指出的一条金光大道。自此涂真新开始写作了。他从刘总务那里领了许多稿纸，刘总务还讲他的啰唆，哎呀，你不需要这么多稿纸吧？涂真新笑笑地说，我要搞写作了，来了稿费，老子请你的客。又严肃地对黄土高原说，你要支持我嘞，等到稿费来了，我都交给你。黄土高原听说有稿费，态度十分坚决，相当支持，说你写你写你写。所以家务诸事他一概不管，除了上课便是埋头写作。他写的都是短小的散文，千把多字。至于小说他也尝试过，暂时还写不来，觉得自己的结构能力太差，暂时还驾驭不了。当然对于写作他还是极其认真的。总是先打腹稿，再写初稿，然后再修改。觉得比较满意了，再一个字一个字誊写，稿子十分工整。若写错一个字，他便要在小格子里写上正确的字，拿剪刀小心地剪下来，再贴上去，像补锅匠补锅。然后撑着尖瘦的下巴，给自己取笔名，笔名叫涂玉兰，把婆娘的名字嵌进去。他认为这很容易让那些好色的男编辑上当，误认为是女作者，这样便会对他网开一面。总之，他信心十足。心想，自己有这样的书写水平，加之又有个女人的名字，这样的稿子不发，那便是编辑眼珠子瞎了。

开始投稿时，涂真新没有让在省报的同学帮忙。他认为还要靠自己的真本事，以后写出名了，同学们肯定会对他刮目相看的。问题是许多稿子像蝴蝶样从山沟里飞出去，却不晓得折翅何方。当然碰到负责的编辑，便会夹一张铅印的退稿信，信上只有他的笔名和日期，是出于编辑的手笔。如此一来，涂真新有点泄气了，大骂编辑水平太差，真是有眼无珠。他弯着一根被烟熏黄的手指头，砰砰地敲着退稿，愤怒地对黄土高原说，他娘的，像我这样的稿子都不发，这个编辑肯定会后悔的。

黄土高原扫一眼稿子，说，哎，你把我的名字也弄进去了。

涂真新不屑地说，这个你不懂，这是笔名，我这样做是个策略。

稿子连连遭遇碰壁，无奈之下，涂真新只好把稿子寄给在省报当编辑的同学，看是否有发表的可能。这个同学叫吴向明，吴向明拿着稿子一看，哎呀，涂真新怎么成了涂玉兰，是他妹妹的稿子吧？所以马上写信问他是不是搞错了，涂真新回信说没错，这是我的笔名，后面是我婆娘的名字。吴向明想，涂真新在山沟里教书，还有这个文学兴趣，还真不容易，所以也不便打击他的积极性，那么就助他一下吧。吴向明帮着他修改了好几遍，这样才陆续地发表了几篇。涂真新接到样报和稿费，真是高兴死了，对黄土高原说，嘿嘿，有一分耕耘，就有一分收获。按说他应该把稿费取出来庆祝一番，他却并不立即到邮局取钱，把稿费单压在办公桌的玻璃板下，故意让别人看到。如果有人仔细地看看稿费单，然后说，涂老师真不错嘞。涂真新脸上便会泛出微笑来，谦虚地说，这算不了什么。如果有人不看这个（不知是不是故意的），涂真新的脸便一沉，恨恨地望着别人的背影，鼻孔里轻蔑地哼一声。一直快到两个月了，若再不取出来，稿费单就会退回去，他这才高兴地从邮局把稿费领回来。别人若问他去了哪里，他笑着说，哎呀，就是去取几个小小的稿费，腿巴子都走酸了嘞。刘总务说，涂老师，你说过要请客的。涂真新脑壳一拍，哦一声，对了对了，你看我这个鬼记性。说罢，赶紧买包烟，见人就张一根，当然给刘总务张了两根。刘总务的耳朵各夹一根烟，惊讶地说，你就是这样请客的呀？涂真新说，我的爷老倌，你要我怎样请客呢？你以为请你大吃大喝呀，这点稿费还是我熬夜熬出来的嘞。刘总务看到他眼珠子通红，便不再逼他了。

对于发表的作品，涂真新是十分看重的，他明白这是通向省城之路的资本。所以他用白纸做了一个十六开的大本子，把发表的作品工整地贴上去，还标明报刊和日期。本子的封面上，用毛笔写了几个楷书——涂真新作品集。家里每次来了人，他都要拿出来给人家看看，说，嘞，你看看。嘞，你看看。把本子往人家手里塞，似有强迫之嫌。等到别人赞赏后，涂真新谦虚地说，哪里，哪里，我这是鸟毛还没有长齐嘞。

这一来，便惹得黄土高原很不高兴了。

学校有个张老师，二十出头的妹子家，也很爱好写作。晓得涂真新发表了作品，所以经常拿稿子来向他讨教，或翻看涂真新作品集。张老师长得很乖态，刘海儿卷卷的，眼里有股子灵气。她若只是来坐一坐，关系还不大，黄土高原也不会生气的。这个张老师有时竟然坐一晚上，屁股好像被胶水粘住样的。这就会耽误了男人的写作。最主要的是，黄土高原担心张老师跟自己男人眉来眼去，以后红杏出墙也是说不定的。她明白搞写作的人都很浪漫。所以她死守在旁边，盯着他们的目光，让他们不敢有半点造次。遗憾的是自己不搞写作，这样寸步不离地守着他们，也显得蛮不合适。再说自己还要做家务，批改作业。所以黄土高原忍无可忍，板着脸色，干脆下起逐客令。后来每次等张老师坐到一刻钟左右，她便说，张老师哎，莫搞得太晚了吧，影响明天上课嘞。张老师惊讶地看着她，也很敏感，哦哦几声，便不好意思地赶紧起身离开。

黄土高原对男人说，哎，你以后不要让她来了，这会影响你的写作，影响你的写作，就等于影响你的收入。你要对她说，鲁迅先生说过的，这无异于谋财害命。

其实涂真新是欢迎张老师光临的，她每次来，他便有种文学导师的感觉，并且耐心地予以指点。他想，如果以后两人有一腿，也是很自然的，那会更有激情，于写作有百利而无一害。当然对黄土高原绝对不能这样说，如果说出来，她会砍人的，出了人命案就不好办了。所以涂真新拿起钢笔有节奏地敲着桌子，砰砰砰，说，你也不要说得太过分了，我们是在讨论写作嘞。

黄土高原说，她比你差一大截，一个字都没有发表过，你要跟她讨论什么？

涂真新说，张老师爱好文学是件好事，再说文学是有个传继关系的。她以后成了作家，那就是我的弟子了。

黄土高原说，那只怕以后会弟到床上去的。

既然黄土高原这样警惕，涂真新也不好说话了。所以没有张老师的拜访，他心里总是欠欠的，觉得那种当导师的感觉已经消失了。当然如果集中精力，他的写作效率还是很明显的。他竟然每隔几天便要写一篇，写完一篇，便立即寄给吴向明。所以他需要频繁地在学校和镇上邮电所之间来回。每次从镇上回来，他都要得意地对黄土高原说，哎，你就等着拿稿费单吧。

吴向明看到涂真新的稿子源源不断地寄来，心里便开始嘀咕，哎呀，这个油豆腐也真是的，稿子水平并不高，虽然写的是家乡，包括水牛呀，花草呀，大山呀，小溪呀，白云呀，村姑呀，却毫无灵气，语言呆板，了无新意。如果不是看在同学面上帮他修改，那是很难发表的。再说这家报纸也不能老是发你涂玉兰的，人家会说他给同学开后门。不明底细的人，还会说吴编辑是个色鬼，总是发这个姓涂的女作者的稿子。

吴向明是个直性子人，便写信给涂真新，问他是否真的想当作家，不然怎么如此拼命大写特写。涂真新在回信中说，是的，你看我们学校出来的几个作家，都大红大紫了，还香车宝马，还出国访问讲学。吴向明看着信，唯有苦笑，他毕竟见多识广，又有鉴赏力，加上心直口快，所以又写信说，你如果只是凭兴趣写写倒也无妨，作为精神生活的调剂品吧。如果想当作家，那不如早早放弃。你并不具备作家的潜质，我这是作为老同学对你的忠告，请你不要见怪。

从长沙飞来的这服良药，对涂真新的打击很大，心灵上受到巨大震动。他拿着回信翻来覆去地看，思索一番，心想，既然如此，老子就不写了。本来他还是不服狠的，老子就当不得作家吗？许多作家开始也是退稿无数呀。那个卡夫卡，一辈子都没有发表过作品，后来也成了世界上伟大的作家。一个作家在出名之前，就是要经得起挫折和打击，这叫作苦尽甘来。当然冷静一想，吴同学是个讲直话的人，是不会害自己的。再说我也经不起老卡先生那样的挫折，还有像凡·高先生那样的打击，那我一辈子就栽进去了。先不说出名吧，利呢？屁都没有。那么我的那些欠款就还不清了，老子总不能来个人间蒸发吧。

——似乎也没有这个必要。

这时涂真新照了照镜子。哎呀，老子已经不像个人了。瘦得像只猴子，眼珠子都眍了进去，一网血丝，下巴尖尖的。涂真新不免怜惜起自己来，甚至还自问道，老子到底是块什么料？老子总不能白读了一肚子书吧。

那天晚上，黄土高原看到男人不写东西了，独自呆呆地坐着，不由惊讶起来。茶水给他泡好了，桌子也给他抹干净了，蚊香也给他点燃了，电灯也给他扯亮了，稿纸也给他铺好了，男人却不进屋了，寂寞地坐在屋门口，捧着脸静看天上的星星。

黄土高原小心地问，真新，你还写不写？

涂真新半天才说，老子不写了。

又果断地说，写个毛。

黄土高原听罢，赶紧把电灯扯熄，把蚊香灭掉，走出来说，不写也好，你每晚熬夜，既费神又费电，几个稿费还抵不上电钱、茶钱跟烟钱。再说吧，你陪伴我也少了，还不如不写。

黄土高原这样焦急是有道理的，结婚的时间也不短了，肚子还没有装上窑。所以她心里十分不安，同时还担心男人以后写出了名，肯定会生二心的。再者男人不写了，张老师便没有借口来跟他讨论了，一刀子斩断她的后路。

当然涂真新望着那个崭新的作品集，心里还是有所不甘。他认为自己虽然当不成作家，那么到县报当个记者什么的，还是绰绰有余吧。再说这也算是农村包围城市的第一步。更何况记者是无冕之王，比教书匠要威风多了。

涂真新抽个空，带着作品集来到县报毛遂自荐。

戴眼镜的总编出于礼貌，翻了翻他的作品集，说，哎呀，实在是抱歉得很，我们不需要人手了。

涂真新直爽地说，像我这样的人，是最适合编副刊的。

总编笑了笑，下巴朝一个年轻的女编辑指了指，小声地说，人家在大型刊物上发了两个中篇小说嘞。

涂真新一听，便立即不吱声了，明白自己的实力比不过人家。从报社沮丧地走出来，他大骂那个发了小说的女人，她娘的肠子，你居然搞老子前头去了。

4

不再辛苦地写稿子了，一时没有什么寄托，所以时间也显得空闲起来，涂真新有时便到山上走走。他看到许多鸟，还有野兔野鸡，在树林中钻来钻去，手居然有点发痒，自然便想起了那把鸟铳。如果拿着鸟铳在大山里走走，那应该是很有野趣的，况且还能改善生活。冷静地想了想，还是放弃了这个念头。如果又误伤了人，恐怕连自己这条小命也要赔进去。上次已经被鸟铳弄得倾家荡产了，欠的钱还远远没有还清。

那时，涂真新很颓丧，甚至有点茫然，不知如何才能打翻身仗。工资只有这么多，把人家打成麻子赔偿的那笔钱，还挂在账上。如果生了崽女，恐怕养不活。人说穷则思变，所以他就不相信，自己一个大学生搞不赢别人。

有一天，涂真新在散步，走着走着，发现这里是个养殖的好地方。他住的是平房，后面是片荒地，只是种了点蔬菜，那么这片荒地就可以养鸡。对，养鸡。他娘的，怎么以前没有这个重大的发现。况且养鸡又不怎么费力，不像喂猪那样麻烦，鸡崽崽一放，一定会见风长的。

涂真新很快便行动起来了，几乎有种时不我待的感觉。一旦有了空闲，便上山砍竹子，把绿色的细竹子密密地围起来。

老师们问，涂老师，要做什么呀？

涂真新故作神秘地说，到时候你们自然就会晓得。

没过多久，涂真新买来五十只鸡崽崽放在围子里。鸡崽崽像一团团黄色的小茸球，在地上活泼地滚动着，细脆的叫声如鸟鸣。老师们一看，哎呀，原来是养鸡嘞。老师们虽然羡慕，却没有人跟着养鸡，甚至还意味深长地笑了笑。涂真新懒得齿别人的神情，他的注意力都放到养鸡上面。所以每到晚上，他便兴奋地噼里啪啦地打算盘。一只鸡喂到三斤重，按当时的价格，能卖到九毛钱一斤。那么一只就是两块七角钱。五十只鸡呢，就是一百三十五。他娘的，差不多是他三个月工资。如果长得快的话，一年喂四茬鸡是没有任何问题的。四乘一百三十五，嘿嘿，五百四，竟然抵得十三个月工资。涂真新越算越起劲，越算越兴奋，还不断地擂桌子，十分陶醉，并且自言自语说，他娘的，如果是这样，老子就不教书了，办个大养鸡场，老子就当养鸡场老板。

涂真新自己如此激动还不算，有时候还要把睡梦中的婆娘喊醒来，玉兰，玉兰，快醒来。

黄土高原眼睛蒙眬，问，什么事呀，是学校起火了吗？

涂真新拍着她的肥屁股，笑着说，起你娘的火。然后把计算的数字说出来。

黄土高原说，你昨晚已经算给我听了呀。

涂真新指着算盘，俯下身子说，哎，这样的数字不会让你厌烦吧。嘿嘿，我们的大好前程马上就要到来了。

算盘上打出来的数字的确让他兴奋，这就叫作低投放高收入。自然他还想起邓拓写过的一篇文章，叫《一个鸡蛋的家当》。当然那篇东西是具有讽刺意义的。而且邓拓早已去世了，讽刺不到他这里来了。再说他又不是靠一个鸡蛋起家，然后再妄想买马买骡子什么的，他只是靠着这些收入贴补家用而已，当然还包括还债。再者他靠的又不是一个鸡蛋，而是五十只活蹦乱跳的鸡崽崽。所以涂真新十分来劲，除了上课，便去捉菜虫、挖蚯蚓，咔嚓咔嚓地切菜叶子，还买来细糠拌菜叶子喂鸡。

黄土高原开始还有些怀疑，不晓得能否成功。如果能成功，老师们也应该要大批地喂呀。她也是调来不久，不明白老师们为什么不养鸡。其实在这偏远的地方，是养鸡的好场所，况且又不影响学校环境。而老师们都是喂三五只而已。当然这个话她是不敢说出来的，怕男人讨厌她败了他的兴致。后来看到鸡崽崽一天天地大起来，她觉得男人的盘算还是蛮不错的。

涂真新很有意思，每回忙完，然后便静静地欣赏鸡崽崽，站在围子外面念念有词，说，见风长，见风长。

黄土高原问，你在跟哪个讲话？

涂真新嘿嘿地笑着说，我在对着鸡咯咯讲话嘞。

他甚至还经常产生一种幻觉，那些黄茸茸的小球，看着看着，竟然便变成了五彩缤纷的大鸡。又看着看着，竟然变成了花花绿绿的票子。

话说回来，涂真新还养成了一个良好的习惯，每天都要数鸡，他特别享受这个数鸡的过程。他上午数一次，傍晚又数一次。伸出一个手指头点数，一二三四五，一二三四五……一共五十只。其实点数也不是那么容易的，鸡崽崽又不是安静地等着他点完数，才跑动或追逐，它们是没有规矩的，一顿乱跑。所以涂真新要准确地点出数来，还是需要花一番工夫的。他却并不觉得麻烦，他认为在清点跑动的小鸡崽崽的过程中，其实有种别人无法感受到的愉悦。

有一天，他又在点数，点来点去竟然只有四十七只鸡。他不相信，连续点了三遍，真的只有四十七只。涂真新顿时紧张起来，以为是谁偷走了，立即绕着竹围子，查看窃贼的脚印。脚印倒是没有，却发现围子外面躺着三只鸡的尸体，鸡颈根都被咬开了口子。涂真新顿时蒙了，原来鸡被黄鼠狼咬死了。当时涂真新气得吐血，跺脚大骂，他娘的，吸血鬼嘞，吃了屙血屙痢嘞。

黄土高原听到男人在恶骂，站在窗口，问他骂哪个。

涂真新愤恨地说，我骂你黄家的贼东西。

黄土高原说，你不是在讲癫话吧，我黄家没有得罪你呀。

涂真新提起软塌塌的死鸡，气愤地说，我没有癫，黄鼠狼不是你黄家的贼东西吗？

涂真新痛苦地把它们埋葬，然后跟黄土高原商量守夜的问题。他决定轮流看守，谁上午有课，谁就守上半夜，腾出下半夜困觉。黄土高原开先还有点犹豫，而望着那些快要卖钱的鸡崽崽，也便答应下来了。当然夫妻不必坐到外面守夜，只需要坐在窗口，把电灯扯起，望着围子里的鸡崽崽。如果看到困觉的鸡慌张起来，那就要赶紧跑出来驱赶，斩断黄鼠狼的阴谋。那些鸡喂到半斤八两时，涂真新跟黄土高原商量，说鸡长大了就卖给老师们。又一想，不行，卖给老师们方便是方便，在价钱上却拉不开面子，还不如拿到场上去卖。

谁料涂真新的运气非常背时，当他打着如意算盘时，一场鸡瘟突然袭来，四十七只鸡无一幸免，全部东倒西歪地躺在地上，像从树上落下的一片五彩纷呈的花朵。涂真新望着那些死鸡欲哭无泪。黄土高原呜呜地哭起来，想起守夜的辛苦，谁料却守不住这该死的鸡瘟。瘟鸡又吃不得，吃了怕生病，夫妻俩只好泪水汪汪地挖个大坑，把死鸡埋掉。

这场鸡瘟对于涂真新来说，又是个很大的打击。

这时他才忽然想起老师们那种意味深长的笑来，哦，难怪他们不愿意大量养鸡，这些没有良心的同事，你们可以早点提醒我呀，为什么要这样幸灾乐祸地看着我的悲剧呢？然后又骂黄土高原，怪她怎么不提醒他。黄土高原委屈地说，我调到这个学校不久，也不晓得这种情况。其实我倒是怀疑过的，又不……不敢说给你听。涂真新说，你要对我说实话呀。黄土高原说，我担心败你的兴。涂真新想，既然遭受了这个打击，那么就让自己承受吧。涂真新却偏偏把这种情绪带到课堂上，他毫无精神，心不在焉，脸上充满着淡淡的悲伤。脑壳里不时地晃动着活泼的鸡崽崽，或是死去的鸡崽崽。如此一来，他甚至经常把课都讲错了，比如，误把周树人说成周作人。还比如，误把夏衍说成"夏行"。因此教室里经常响起晶莹透亮的笑声。

有人把这个情况反映给校长，校长便找他谈话，涂老师，听说你上课有点稀里糊涂。

涂真新尴尬地说，是嘞，谁叫我姓涂呀。鸡都发了灾，把我脑壳也灾糊涂了。

校长说，你还是要把心思放到教书上来，你看别的老师哪像你。

那是那是，涂真新沮丧地说，他们不像我脑壳上压着一座大山。

养鸡虽然宣告失败，涂真新还是很不甘心。他娘的，老子堂堂的大学生，居然比个农民还不如吗？那些农民能养鸡，老子也能养。所以他很不服气，准备继续搞养殖业。他觉得搞养殖业不失为发财致富的好路子。当然他没有养鸡了，养鸡的兆头不好。那么养兔子吧，谁料养兔子也失败了。那么养蝎子吧，谁料养蝎子也失败了。那么养鱼吧（他在荒地上挖了一口塘），谁料养鱼也失败了。

这些烦琐而痛苦的过程就不细说了，反正是归于失败，幸亏他投资不大。而连连受挫，还是让涂真新很痛心，希望居然一个个无情地破灭了。他摸了摸自己的脸，他娘的，已经瘦得像一皮树叶了。这时他想起《左传·庄公十年》上面的一句话，夫战，勇气也。一鼓作气，再而衰，三而竭。虽说搞养殖不是打仗，而连连失败，的确让他没有勇气搞养殖了。涂真新孤独地坐在水塘边，看着臭气熏天翻着白肚皮的死鱼，便默默地流下泪来。心想，看来老子跟养殖没有缘分。

虽然没有养什么了，涂真新的心思还是不在课堂上，他仍然在寻找机会。

有一天，张老师兴冲冲地跑来，手里拿着崭新的杂志，说，涂老师，我发表了一个短篇小说。

涂真新翻开杂志一看，张老师的名字赫然地印在上面，当时心里居然有点不平衡，甚至嫉妒，又十分无奈。他淡淡地说，哦，祝贺你。然后也没有仔细看小说的意思，又把杂志退给张老师。

回到家里，涂真新对着黄土高原发脾气，说，就是你这个鬼女人不支持老子，你看人家张老师都发表小说了。

黄土高原委屈地说，这不能怪我吧，是你自己不写了。

涂真新说，我说过不写那是不假，那你也要推我一把呀。我说不写了，你还说不写的好，省电、省茶、省蚊香，还省烟，你还说了陪你少了的事情。当时也是你把灯扯熄的，是又你把蚊香灭掉的。有人说，一个成功的男人后面，站着一个伟大的女人。你呢，我看你连条蚂蟥都不如。

张老师发表处女作之后，更加发狠了。除了上课，哪里都不去，甚至也不谈恋爱。为了防止干扰，还把窗子拿报纸封死。她的努力没有白费，竟然连续发表了几个小说。这对涂真新的刺激相当大，他开始还淡淡地对张老师说祝贺的话，后来连这个话也不说了。看到张老师也不打招呼，好像碰到了仇人。当然涂真新还是有点责怪吴向明，他娘的，就是他一句话，大大地挫伤了自己写作的积极性。他如果不泼冷水，自己坚持写下来，肯定不比张老师差，她一个中专生算什么，哼。

当然也有点自责，自己最大的毛病，就在于东打一枪西打一枪。

5

除此之外，涂真新觉得自己是怀才不遇。当然他还是认为自己像诸葛亮一样深藏卧龙山，终有一天，刘备会三顾茅

庐请他出山。所以他还是稳住了自己，耐心地等待着那一天
到来。

后来机会终于来了。虽然没有刘备式的人物请他出山，
却也是个绝好的机会。涂真新听说过，广东那边的学校纷纷北
上来挖老师。那边的人像目光尖锐的工兵，把内地精良的教师
一个个挖走了，甚至挖得悄然无声，有时候连学校都不晓得。
他们只要挖到了满意的教师，至于什么户口、什么档案、什么
调动的繁文缛节，都通通不要（听说还给配偶安排工作），他
们都是在夜里悄然地开车来，一家伙把你的家当全部搬走，真
是神不知，鬼不觉。

这个消息显然非常刺激涂真新，主要是广东那边的工资
多许多倍。那么老子就没有必要待在这个穷山沟守着土地菩萨
了。涂真新认为，老子一定要抓住这个机会。

趁着暑假，涂真新把作品集带上，临走前对黄土高原说，
哎，你千万要保密嘞，别人问我哪里去了，你只说到长沙的同
学那里耍去了。说不定，哪天夜晚就会来搬家的。他还交代婆
娘要把东西大致归类，以免搬家时手忙脚乱。

黄土高原的肚子已装上窑了，大大小小的蝴蝶斑在脸上
迎风盛开。人们说孕妇是最坚强的，同时又是最脆弱的。她当
然不想男人离开，又明白男人决心要改变处境，不然他那笔债
务不晓得哪年才能还清。黄土高原说，你如果有了消息，就赶
快打电话回来，我好做准备。又拍拍肚子说，我跟毛毛都在等
着你的好消息。

这样涂真新便悄然去了广东。

他当然不会贸然行事的，这一去既要车马费，又要食宿费，算起来也是一笔不小的费用。所以涂真新早已联系了张小辉。这个师院的女同学在东莞教书，男人是律师，听说他两口子混得很不错。涂真新在电话里直爽地说，张小辉，我油豆腐背了一屁股债，吃睡你都要包下来嘞。张小辉也蛮有趣，开玩笑说，包，包，老娘还要包你这个小白脸。

涂真新费劲地找到张小辉的家，走进去顿时哑住了。宽敞的装修一新的屋子，惊得他半天都没有回过神来。他娘的，相比之下，自己那间潮湿破烂狭窄的屋子，简直就是间猪栏屋。张小辉看到他呆住的样子，问他发什么呆，涂真新说，我发什么呆，你是很清楚的。因为来到你屋里，我等于来到了天上。张小辉搞清了涂真新的意图，并没有把他介绍到自己所在的学校，说她的学校暂时不需要人手。涂真新兴奋地说，那没有关系，只要能来这里，哪所学校都是教书呀。又说，老同学，如果我调来了，我就要请你去卖淫（美容）。张小辉一听，大惊失色，愤懑地说，油豆腐，你不要乱说，幸亏我男人还没有回来，不然看你怎么交差。涂真新说，我没有乱说呀，你帮了我的忙，我请你去卖淫（美容），这不算什么呀。说罢，忽然意识到张小辉没有听懂，肯定产生误会了，便马上伸出双手，在自己脸上一顿乱抹，说，我是请你去卖淫（美容）嘞。张小辉这才明白他的意思，脸色立即明朗起来，笑笑地说，油豆腐，你这口土话要改嘞，这很容易引起误会的。然后便陪着涂真新到学校。校方看了他的简历和作品，感到非常满意，决定让他第二天试讲。涂真新高兴极了，又说，哈哈，明天试讲成功，我就请你去卖淫（美容）吧。

第二天，涂真新没有叫张小辉陪同，临出门时，很有信心地挥了挥拳头，对张小辉说，老同学，你就等着我胜利的消息吧。

谁料到涂真新的试讲彻底失败了，师生们根本就听不懂他的话。他站在讲台上，叽哩哇啦地讲着鸟语，不明白他说的是什么意思。所以教室里叽叽喳喳的，像喂了一屋子饶舌的麻雀。当时涂真新心里像倒了一堵墙，暗暗叫苦，哎呀，完了，完了。果真，校方十分遗憾地说，涂老师，你的课我们都听不懂，你要说普通话呀。涂真新苦着脸，摇摇头，话也不说，便匆匆地走掉了。

回到张小辉家里，涂真新的情绪十分低落，默不作声。他绝对没有料到，南下一战，竟然折戟铩羽，所以心里很不是个滋味。即使到其他学校去试讲，看来也是枉然。张小辉的男人于律师听说了其中的原委，说，唉，你要是早点学普通话就好了，说家乡话也太土了，连我这个湖南人都听不懂。又接着说，其实要说我的家乡话，甚至比你的还要土，我们那里把白酒说成什么，说成"叭叽"；把啤酒说成什么，说成"毕叽"；喝稀饭说成什么，说成"呷干"，你说你能听懂吗？你看看我现在的普通话，也是说得很好的呀，我如果在法庭上说"毕叽叭叽"，像打机关枪，官司肯定就打不下去了。说罢，于律师夫妻忍不住笑起来，涂真新也笑了笑。

第二天，涂真新没有说要走，张小辉以为他住两天就会回去的。现在他的情绪不佳，就让他多住几天吧，散散心。夫妻俩还算不错，陪着他看了几个景点，也算是尽了地主之谊。

谁知涂真新既看了又吃了，仍然没有回家的意思。行李摆在地板上，像他这个人一样，有点赖着不走的味道。他不说走，人家也不好开口催他。他每天吃了睡，睡了吃，要不就是看电视剧，甚至还不停地发表看法，好像他是个审片专家。这样一来，张小辉心里便有点不舒服了。如果是冬天，那还不太要紧。这夏天都是袒胸露腿的，便感到很不自在了。幸亏于律师人很好，从来也没有提出过这个问题，他觉得涂真新来一趟也不容易。再说他的情绪低落，那就让他调整一下再说吧。张小辉则担心男人多疑，误以为她跟油豆腐读大学时有一腿，现在又在丈夫的眼皮底下重温旧梦，不然这个油豆腐怎么赖着不走呢？

张小辉十分珍惜这个家庭，所以主动地跟男人商量，说我们不如出去住几天，让油豆腐待在家里，待到他觉得实在没有什么味了，然后便会主动提出回家的。于律师笑道，我一切都听你的指挥，你是法官。然后张小辉对涂真新说，我们要回老家一趟，要十来天，你想住几天就住几天吧。又晓得他没有多少钱，还拿钱给他。涂真新大大咧咧地接过钱，说，你们放心去吧，我守在这里，没有哪个贼牯子敢来偷东西，他娘的，老子是有功夫的人，看我一拳不打他个半死。他以为张小辉夫妻不相信，便在客厅呼呼地耍起毛拳来。其实他的家乡自古有武术之乡之称，一个男人会几套功夫不足为奇。

于律师笑着说，有老把式在，我们肯定放心。

其实张小辉夫妻并没有回老家，他们不久才从老家回来，现在不可能又回去。所以夫妻俩在附近宾馆住下来，于律师照样办他的案子，张小辉看书看电视，或逛商店。然后三天两头往家里打电话，看涂真新是否走了。夫妻俩惊讶地发现，油豆腐仍然按兵不动。他总是安慰说，你们放一万个心，有我守着的，我除了买菜，哪里都没有去。

张小辉生怕男人有意见，老是后悔地说，不该叫涂同学来，现在搞得我们有家都不能回了。于律师安慰说，这样的事情的确让人不太舒服，而我并没有什么看法，你就不要烦恼了。

夫妻俩在宾馆住了半个月，觉得毕竟不太方便，所以张小辉又往家里打电话。上天终于对夫妻俩起了怜惜之心，这次居然没有人接电话。所以张小辉以为涂真新走了，夫妻俩赶紧拿着东西返回家。等到两人心情舒畅地进屋一看，发现涂真新躺在沙发上睡熟了，嘴巴上流着透亮的口水，手里还拿着遥控器，像拿着一把短枪。对于张小辉夫妻的归来，居然一无所知。

夫妻俩对视一眼，简直哭笑不得，心想，贼牯子如果进来了，肯定会先把他绑起来的。

涂真新暂住张家期间，黄土高原也来过电话。她看到男人一个电话也没有，便往张家打电话。涂真新没有把真相告诉婆娘，只是有点不好意思地说，现在这边的学校暂时还定不下来。黄土高原急迫地问，哪个时候才能定下来？涂真新说，反正一旦定下来，我就会告诉你的。

涂真新蛮有味道，似乎真的有点赖皮了。在张家一住，居然住了两个月。

他一点也没有觉得这是很麻烦人家的。他认为，这恰恰体现了同学之间的情谊。更何况张小辉家境富裕，不会被她吃垮的。他想，如果不是同学，他还不会来呢。当然说他在这两个月内是闲着的，那也太冤枉他了。既然是家乡话害苦了他，他便想下决心攻克这道难关。所以他每天把电视打开学普通话，学卷舌音，终究还是学不来。有时说着说着，自己也忍不住笑起来，笑过后，又难免有一点自卑。他娘的，学这个普通话，真是比登珠穆朗玛峰还要困难。学得舌子发麻，口腔酸痛，腭骨差点都要脱落了。最终呢，郁达夫还是念成"油豆腐"，吃肉还是念成"吃银"，冷水还是念成"凉薯"，简直毫无进展。涂真新终于灰心了，看来这边的高工资是没有他的份儿了，也没有他的落脚之地了。当然他也十分后悔，如果读大学时发狠学普通话，就没有今天尴尬的处境了，现在临到屙屎挖茅厕，已经来不及了。

直到快开学了，涂真新才离开东莞。

一进屋，黄土高原急切地问，有希望吗？

涂真新说，狗屁希望，他娘的，我试讲分明比人家强多了，却没有钱请客送礼，你说我能捡石头打天吗？说罢，双手无奈地摊了摊。

黄土高原也没有责怪他，说，只要人回来了就好。

又说，哎，告诉你，张老师调走了。

涂真新一惊，问，调哪里去了？

黄土高原说，调到县文联搞写作。

涂真新心里震了震，嘴巴上却淡然地说，哼，那是清水衙门，没有什么牛皮的。

6

渐渐地，黄土高原的肚子越来越大了，加之南下遭遇重创，涂真新暂时也没有别的想法。婆娘肚子里的那团血肉，就是他最大的希望。所以他老是对黄土高原说，你要跟我生个崽嘞，我家已是两代单传了嘞。黄土高原说，好，我一定生个崽。女人果然不负所望，竟然生下个胖崽。涂真新高兴死了，结婚没有摆酒，现在生崽居然摆酒请客。在酒宴上，他每人敬杯酒。黄土高原劝都劝不住，说他不胜酒力，不能这样喝。涂真新哪里劝得住，继续轮番敬酒，简直像架轰炸机，炸来炸去的。最后别人没有被炸倒，自己却醉个半死。酒醒后他翻了半天的字典，给崽取名叫涂翘楚。心想，看来老子这辈子或许是不行了，希望崽以后是个优秀的人。

胖崽还是很好带的，夜里不哭不闹。总之，一切还是比较顺利的。谁料崽长到一岁时，晓得喊爸爸妈妈了，突然得了个怪病，胖胖的身子像被无形的魔爪抠了一把，竟然日渐消瘦，枯瘦如柴，甚至像非洲饥饿的细把戏。眼珠子深陷，吓死人。涂真新夫妻抱着崽跑县医院，又跑市医院，还跑省医院，一连三级跳，竟然也无法确诊。钱倒是花了不少，况且很多钱还是借来的。

来到省城医院，涂真新陡地感到孤立无援。在省城读书的那四年，他根本就没有这个感觉，好像自己是这个城市的主人。而现在这个孤单的感觉竟然是这样强烈。

出于无奈，涂真新给吴向明打电话，坦率地说是陪崽来看病的。

吴向明还是很不错的，连忙提着礼物到医院，发现涂真新的崽真是太瘦了，简直不忍心看他一眼。涂真新也太穷了，夫妻每天只吃一个半面包。

吴向明眼泪闪闪，请他夫妻吃饭，还给了些钱。

吴向明说，油豆腐，要不要我叫同学们资助一点，我可以通知他们。

当时涂真新的面子还放不下来，自己还有个农村包围城市的宏伟计划，还企盼某天让同学们羡慕自己，所以他不想让同学们看到他的困境，要让他们看到他向省城胜利进军的那一天。所以他硬着头皮说，哦，谢谢了，暂时还不需要。

药吃了，针也打了，崽的病还是没有任何起色。涂真新夫妻只好抱着崽回去，似乎有点听天由命的意思了。黄土高原只晓得哭，哭得瘦了一圈肉。涂真新烦躁地说，哭也没什么用嘞。

有一天，长沙一帮同学聚会，吴向明说起了涂真新的近况。大家听罢，唏嘘不已，觉得他太可怜了，便纷纷叹息说，没有想到，油豆腐落到了这步田地。也有人说，天灾人祸，落到谁脑壳上都是一样的。然后有人提出资助他。在场的同学纷纷响应，把钱交给吴向明，让他转给涂真新。

那次一家伙凑了两万多。

隔了几天，吴向明趁着出差的机会，来到涂真新所在的市里，市里离涂真新那个县还很远。所以吴向明打电话叫涂真新去一趟。涂真新以为是同学聚会，心想，自己混到了这步田地，当然是不想去的。所以只推脱说崽有病离不开身。吴向明说，油豆腐，你还是要来呀，我手里有两万多块钱，都是同学们送给你的。

涂真新一听，马上改口说，那我就来，就来。

涂真新急忙赶到吴向明所住宾馆，吴向明一看，涂真新居然是穿着塑料拖鞋来的，便说他为什么连鞋子也不换一双，涂真新说走得太急了，忘记了。吴向明摇摇脑壳，叹息一声，然后把钱交给他，还说了是哪些同学给的。涂真新接过钱，哽咽地说，感谢老同学，我涂某人没齿不忘，也绝对不会再麻烦你们了。

这笔钱对于涂真新来说，无异于雪中送炭。他吃罢饭，便马上往家里赶，回到家里，他把钱放在桌子上。黄土高原一看，流下了泪水，说，你们这些同学真是太好了。

遗憾的是崽的病仍然没有起色，那便意味着还要继续花钱。同学们给的钱飞快就没有了，只是在涂真新手里过了一路而已，通通上交给医院了。涂真新走投无路，又不便向老师们借钱，因为以前都向他们借过钱的，一直还欠着的。若再开口，实在是不好意思。再说学校也给了困难补助，也不便向学校伸手。所以涂真新又拿着那个小本子四处奔波，只要是熟悉的人，他都开口借，不论多少，并且熟练地打个借条，按下手印。

涂真新仿佛又回到了鸟铳伤人的年月，那时候他也像今天这样奔忙。他觉得生活似乎是个怪圈，自己拼命地朝前跑啊跑啊，谁知跑了多年，竟然又跑到了原地。外出借钱时，他唯恐碰到那些老债主。所以他的眼珠子拼命地四处观望，发现有老债主迎面而来，他便迅速地溜之大吉，像躲避警察的逃犯。其实他心里也觉得对不起那些老债主。这么多年了，还没有还清他们的钱，当然这不是他不还，是他的确没有偿还能力。当然也有债主上门讨要的，涂真新开先还是道歉赔笑，张烟上茶。后来他觉得这样太让人难堪了，何况还有老师们惊愕的目光。所以他干脆躲避，对黄玉兰说如果有债主来了，你就把扫帚靠在门边。简直像当年的地下党。

想到这里，涂真新唉声叹气，感到十分悲哀。

其实涂真新外出借钱的收获并不大，每次满怀希望而去，又失望而归。他每次都是疲倦地靠在门边，伤心地望着屋里。

黄土高原抱着病恹恹的崽，哭哭啼啼地问男人讨主意。涂真新走进来，坐在板凳上没有吱声，只是默默抽烟。抽着抽着，忽然烟屁股一丢，起身朝办公室走去。

黄土高原很惊异，怔怔地看着男人的背影，不晓得男人有了什么好主意。

原来涂真新是背着黄土高原在给吴向明打电话，他说得吞吞吐吐的。吴向明听了半天，还是没有听懂他的意思，说，油豆腐，你把话说清楚点，你到底有什么事呀？

涂真新心一硬，抹下面子，说，吴向明，我崽的病还是没有起色，我实在没有办法了。看来只有靠同学们助一臂之力了。这样吧，请你联系一下班上的同学，是否再帮我一把。

吴向明听罢，有点惊讶。哎呀，这个油豆腐怎么搞的，上次给他钱，他说过绝对不会来麻烦同学们了，谁知还没有一个月，便主动开口叫同学们资助了。况且这个资助又不是吴向明一个人能做主的，还得要看别人愿不愿意。所以他没有立即答复，只说，那我跟他们联系一下再说吧。

涂真新在电话里哽咽地说，你要帮帮我嘞，老同学。

吴向明虽然十分同情涂真新，却没有联系同学。他多次拿起电话又放下来，觉得不好开口。更要命的是，像涂真新这样主动叫同学们资助，似乎有点变味，又不好说涂真新。像这种事情，毕竟不像劝他不要当作家那样好说话。涂真新打过电话，觉得第二笔资助肯定是没有问题的了，毕竟是同窗四年的同学。再说他们都混得不错，一人拿一点，也没有什么问题。

所以涂真新时不时就打吴向明的电话，问他联系得怎么样了，甚至还问来了多少钱。这样一来，搞得吴向明都有点害怕了，既同情又反感，竟然不敢接他的电话了。办公室来了电话，吴向明便让同事去接，先问对方是哪里的。如果是涂真新的，就说吴向明不在。那时还没有手机，这样涂真新就找不到吴向明了。

每次看到同事放下涂真新打来的电话，吴向明心里虽有愧疚，也觉得涂真新有点过分，他似乎有种依赖性，认为同学的资助是天经地义的。吴向明觉得像这样拖下去还是不行，回避终究是解决不了问题的。后来他干脆对涂真新说了真话，说这样的事情，自己不便跟同学打电话，叫他直接跟同学们联系。

涂真新竟然没有生气，说，哦，我理解你。那好吧，我自己联系吧。

跟同学们联系，涂真新就没有打电话了。全班四十五个同学，打电话是划不来的。再说在学校打长途电话是要收费的。如果没有得到一点资助，电话费就都白费了。所以涂真新采取了写信的方式，这样就能省很多钱。问题是那么多同学，若是一个个写信，那也太费工夫了吧。所以涂真新想到了刻钢板。

他从学校拿来钢板、蜡纸和刻字笔，然后躲在屋里一笔笔地刻起来。他首先回忆大学时代同学们之间的友情，然后说起自己的困境，尤其是嵩的病情。他说自己是个有志气的人，不到万不得已，是绝对不会向同学们伸手的。现在实在是无力解决了，才特来此信，希望同学理解他，伸出援助之手。对于同学的情谊他将永世不忘。并且打上八个粗大的惊叹号。

刻完信后，涂真新担心老师们看到，所以趁着夜晚到办公室去油印，油印完毕，把蜡纸和那些印得不清楚的纸张烧掉，再回家写信封。所以他只要在油印信上写个某某，这的确提高了效率。一沓厚厚的信他没有让邮递员带走，担心别人笑话，所以自己便到镇上把一堆希望寄走了。

接下来涂真新天天盼回信，更准确地说是天天盼汇款单。他希望汇款单像雪片飞来，并且自动地飘进口袋里。所以每天看到那个说话结巴的邮递员，他便要急切地问他是否有信或汇款单。那个结巴说，没没……有你、你、你的。涂真新不甘心，还要问一句，你要看仔细嘞。结巴却不再齿他，骑着单车叮叮当当地走了。

其实涂真新有时也觉得自己未免太性急，信还刚发出几天，不可能就会有回信的，又不是坐火箭。若没有十天半月，是不可能有消息的。后来他在没有收到汇款单之前，终于陆续地收到了同学的回信，却只有可怜的几封，好像绝大部分同学没有收到他的信。在那些来信中，有的说自己也很困难，实在抱歉，却没有说具体的困难。有的还是说出具体的困难，或父母家要砌屋子，或自己要结婚，等等。涂真新认为，那些没有说出具体困难的同学，显然是在敷衍他，不然可以详细地说出来。涂真新的确感到了世态炎凉，这些同学竟然连一点友情也不讲了。当然后来汇款单也收到过几张。涂真新在没看清具体数目之前,心里高兴死了,哈哈,希望终于来了。他睁下眼珠仔细一看,数目都不多,只有一百或五十,最少的三十。其中唯有张小辉和吴向明各寄了一百块,其他的都在一百块以下。

涂真新拿着汇款单,有点不高兴,心想,三五十块钱对于你们来说,只是一包烟钱嘞。

总之,涂真新用油印发出的信,收效甚微,根本没有解决问题。所以他对同学们彻底失望了,便没有继续写信了,当然也不好意思写了。

崽的病情又拖了几个月就死了,夫妻俩悲伤极了。老师们都劝,说你两口子莫要太伤心了,人死了,又没有起死回生之药。你们还年轻,还能生。女老师们在劝黄土高原,男老师们便拿来几块木板子,叮叮当当地做成一副小棺材。涂真新悲痛地把崽放进去,用铁钉封了,然后搁在肩上朝大山走去。男老师们又帮着挖洞子,把小棺材放进去。按照风俗,人不满花甲去世属于短命鬼,所以还在坟上放了一只筲箕。

涂真新泪如雨下,说,崽啊,你莫怪爷娘嘞,爷娘是尽了力的嘞,这是你的命嘞。

黄土高原在坟地上大哭,不愿意回去。

涂真新说,哭也是空的,这里隔我们不远,你想他了,再来就是。

给崽治病欠了不少钱,加上鸟铳伤人的借款,两笔钱加在一起,就不是个小数目了。所以要想还清这些债务,若没有捷径可走，光靠夫妻俩的工资，几乎是不可能的。所以涂真新硬起心肠，继续给同学们写信。这次他不再刻钢板了。他认为，上次没有多少人寄钱来，大概认为他油印的信不太礼貌吧，所以他挥动钢笔，一封封地写起来。

涂真新的普通话说不来，字倒是写得蛮不错的。他在信中说，他崽的怪病不愈，实在是没有办法，才又向同学伸手，希望能助一臂之力。他没有写崽死了，他希望写出他崽的病情，能得到同学的同情。而且在信中他针对每个同学的特点，回忆起当年读书时某些难忘的细节。比如说，张三玉曾经给过他几张饭菜票，李四国曾经请他吃过榨菜米粉，王二明曾经邀请他去湘江游过泳，还有谁给他占过教室的位置，等等。总之，他的记忆力惊人，能写出每位同学一两个感人的细节。

每写完一封，他都要认真地读一遍。读着读着，连自己都被感动了。

他认为这次应该会大有收获。像这样的信不可能不感动人，除非对方是铁石心肠。他把一沓信寄走后，不再盼望那个结巴邮递员了，自己稳稳地坐在办公室或家里，到下午才去传达室看信。出乎意料的是，同学们好像都没有收到他的信，居然来了一个集体沉默。不仅一封信也没有回，汇款单更是没有影子。

涂真新感到十分奇怪，这是怎么搞的呀，不是邮路出了问题吧，怎么连张小辉和吴向明也不回信呢？

其实涂真新有所不知，他崽死去的消息，早已七传八传地传了出去，同学们都晓得了这件事情。所以当他们再次接到涂真新的来信时，看到他还在说着崽的病，心里便更加反感了。说这个油豆腐竟然变成这样的人了；说这个油豆腐实在没味；说这个油豆腐这样做也太对不起他崽了吧。当然也没有人回信指责他，权当是没有收到他的信。

那时，涂真新心里很烦躁，动不动就发脾气。不仅是发黄土高原的脾气，发老师们的脾气，甚至还发学生的脾气，好像他来到这个世界上就是发脾气的。

这自然引起了师生们的反感，有人便报告给校长。校长找涂真新谈话，问他为什么有这么大的脾气，有些事情分明是能好好处理的，没有必要发脾气。

涂真新苦涩地笑笑，说，我大概是更年期来了。

校长惊讶地说，哎，我只听说女人有更年期，没听说过男人也有更年期。再说你年纪轻轻的，不可能就到更年期了吧？

涂真新吧起烟，说，校长你这就不晓得了，据科学家研究，男人也有更年期。我这么早就到了更年期，说明我的更年期提前了。

校长哭笑不得，无奈地说，那好那好，我就这样向老师们解释吧。

涂真新明白，向大学同学伸手没有希望了。看来还是要靠自己，自己又没有什么本事，写作搞过了，养殖业也尝试过了，南边试聘也试过了，都统统归于失败，不晓得还有什么行当能尝试。现在他觉得有两座大山压在脑壳上，一座是那笔鸟铳伤人的欠款，一座是给崽治病的欠款。

涂真新感到自己像落雨背稻草，越背越重。

7

有一天涂真新去县城，突然碰到一个高中同学。

同学叫刘方。

刘方那时候读书死不行，每回考试，几门功课加起来还没有一百分，居然天天到河里游泳或捉鱼，再就是打架或逗妹子家耍。现在涂真新却对刘方刮目相看了。刘方开着崭新的小车，旁边还坐着一个乖态妹子，便猜想，这肯定不是他婆娘。

当时刘方刚下车，大概是跟那个妹子家去商场吧。涂真新恰好从他面前经过，却没有看出来是刘方。刘方一抬头，眼珠子灵尖，一眼便看出了涂真新，大叫，大学生。当年涂真新考上大学时，同学们都是这样叫他的。

涂真新一看，惊叫，哎呀，你是刘方吧？

刘方穿着时髦，人也胖了，挺着肚子，像怀肚婆，手里拿着大哥大。他大方地向那个妹子家介绍说，这是我的高中同学，叫涂真新。当年只他一个人考上了本科。

又对涂真新说，这是我的女朋友。

涂真新羡慕地说，刘方，你发了。

刘方说，发什么呀？混碗饭吃而已。

刘方读书不怎么样，却还是很讲同学情谊的。他问涂真新是否有事，涂真新说没有。刘方说既然没有事，那就上车吧。又对那个妹子说，我们下次再来买吧。

涂真新说，去哪里？

刘方开玩笑说，老子要把你绑架，再问你婆娘拿钱来。如果不拿的话，老子就咔嚓——撕票。说罢大笑起来，那个妹子家也哧哧地笑。

涂真新也笑，苦涩地说，哎，这个主意不错，我反正不想活了。

车子在街上转来转去，最后转到河边上。河边有条装饰辉煌的大船，上面有几个黑体的红色大字，涟河一绝。哦，原来是一家船上餐馆。长长的木板桥通向大船，木桥两边是铁索链，人走在上面一晃一晃，倒也十分有趣。

涂真新想，快中午了，刘方大概要请我吃一餐吧。

他跟随刘方走上船，听到许多人叫刘总。涂真新还以为刘方是这里的常客，说，刘方，你这辈子吃喝不愁，抵得了。

刘方只是笑笑，没有说话。

走进包厢，三个人坐下来。这时一个很有姿色的女人走进来，对刘方说，刘总，昨天的生意很不错。

刘方嗯嗯地应一声，挥挥手，叫那个女人出去。

涂真新终于明白，这条船原来是刘方的，不由伸起大拇指，说，刘方，你真是了不起。

刘方自嘲地说，我没有什么了不起的，一肚子稻草。

涂真新脸一红，惭愧地说，老同学，你不要讽刺我。你看我读了大学，也没有什么用，这么多年了，还是个穷教书匠。说罢，眉头紧锁起来。

刘方心很细，问他是不是经济上困难。涂真新看到那个妹子家在，不好意思开口。刘方会意，使个眼色叫那个妹子家出去。

涂真新咽了咽口水，这才从头细细道来，说着说着，眼睛湿润了。

刘方听罢，没有说话，抽着烟，半天才说，老同学，那是这样吧。我这里生意十分红火，很多人想参股，我都没有答应。看在老同学面子上，我答应你参股，钱多钱少，都没有关系，年底分红，这个你要绝对放心。我虽然没有读多少书，对你这样的读书人，我还是很佩服的。像你还这样困难，实在是太不应该了。

涂真新听罢，泪水汪汪。没有想到今天来县城，竟然碰到了这个绝好的机会，不由感激地说，太感谢你了，只是我无钱参股。我刚才说了我脑壳上还有两座大山。

刘方说，老同学，这不是我故意逼你，生意场上还是要讲个规矩。像那种参干股的人，也不是没有，那都是有权的人。所以你还想办法借吧，借到钱就来找我，我帮你搬掉两座大山。说罢，把电话告诉涂真新。

然后刘方请他喝酒。吃罢饭，又打电话叫司机送涂真新回去。

涂真新连连说，不必这样客气。

刘方说，客气什么，举手之劳罢了。

回到家里，涂真新对黄土高原说起刘方，言语中流露出许多羡慕。想起两者巨大的反差，涂真新不住叹息。然后又说起刘方让他参股的事情。黄土高原也很感动，说，你的老同学真是蛮讲情谊的，他答应让我们参股，已经是很难得了。所以没有钱是说不过去的，问题是我们去哪里搞米米？

这的确把涂真新难住了。

涂真新明白，老师们的钱是借不出来了。想半天忽然把注意力放到学生身上，尤其是放在一个叫古晓利的学生身上。古晓利的爷老倌做药材生意，听说赚了不少钱，砌了新楼房，还买了小车。就说古晓利吧，平时花钱特别大方，经常请同学到县城吃饭。最重要的是，涂真新对古晓利算是有恩之人。前年夏天古晓利在县城玩耍，几个小杂种看他穿着不一般，是个学生伢子的模样，竟然要找他的麻烦，叫他出点血。古晓利无奈，只好把口袋里的钱全部拿出来，当时也只有几十块钱了。小杂种们不高兴，威胁说，你快打电话，叫你爷娘拿钱来。古晓利不答应，小杂种们居然对他拳打脚踢。这时刚好碰到涂真新走过来，他是去借钱给崽治病的，钱没有借到，心情十分沮丧。看到小杂种们在打人，走近一看，哎，那是古晓利。涂真新没有丝毫考虑，冲上去，挥起拳头就打，一扫腿，扫倒两个。一出拳，又打倒一个。大叫，好，你娘的，你们今天碰到师父我了。没几个回合，便把几个小杂种打跑了。

古晓利很感谢涂真新，说，涂老师，今天如果没有碰到你，我这条小命即使不死，也会脱层皮。接着问他来县城做什么，涂真新叹气说，我崽病了，没有钱诊病，我是来借钱的。

古晓利问，借到没有？

涂真新苦笑道，屁。

古晓利拍着胸脯，说，涂老师，你莫性急，我跟我爷老倌说一声。

古晓利回家便对他爷老倌说了涂老师的困难，爷老倌说，那你叫涂老师来吧。

第二天放学，古晓利叫涂真新去他家里，古晓利的爷娘十分感谢，说他救了他崽一命，说他们只有这么个崽，如果伤到哪里，就没有什么想头了。接着问起涂真新崽的病情，涂真新忧心忡忡地说了。古晓利的爷老倌听罢，从保险柜拿出一万块钱，说，涂老师，你先拿去用吧，不够再来拿。涂真新泪流满面，说，古老板，我还是打个借条吧。古晓利的爷老倌说，打什么借条，我还不相信你？

古家的钱至今还没有还，如果又向古家借钱参股，实在是开不了口。问题是不向古家借，又向谁借呢？这次他没有对古晓利说，是有点不好意思，然后鼓起勇气直接去找古老板。他没有去古家，担心碰到古晓利，便去了古老板的药材铺。

古老板正在打电话，忽然看到涂真新来了，以为他是来还钱的，客气地说，涂老师，你不要性急呀。

涂真新十分尴尬地说，不是的，不是的。

古老板打完电话，说，哦，涂老师，那你有事尽管说。又泡茶。

面对古老板，涂真新觉得真的很难开口，甚至想一走了之，免得让对方为难。自己的屁股却好像不愿意离开，粘在了沙发上。

古老板是个聪明人，一看明白他又是来借钱的，便鼓励说，涂老师，没关系，你说吧。

涂真新喝口茶，好像是喝了口酒，胆子才大起来，然后吞吞吐吐地说出了来意。

古老板听罢，哦一声，没有拒绝的意思，只是问，那个老板靠得住吗？

涂真新急忙解释道，那没有问题，他跟我是高中同学，他是看到我太困难了，这个主意还是他主动提起的。

古老板想了想，说，那好吧，你打算借多少？

涂真新准备借五万，担心口开得太大，古老板不会答应。太少，还不如不借。那么就折个中吧。

涂真新犹豫地说，借两万五吧。

古老板摇着头，说，两万五不好听，两万六吧。

涂真新激动地说，要得，要得。

他又说要打欠条，古老板说，不要打什么欠条，涂老师你见外了。

涂真新拿着钱，道了谢，心里像吹进了一股春风，轻松、惬意。当天他就到县城把钱交给刘方。刘方还是按规矩办事，拿出合同递给涂真新，说，老同学，你要看仔细点。涂真新认真地看一遍，又看一遍。他对于其他的条款都没有意见，分红的多少，也没有意见，目光却在一个条款上停留了一下。当然也仅仅是一下。那个条款的内容是——风险同担。

涂真新考虑了一下，应该没有什么风险吧？船上的生意这么火爆，客人像流水，若有风险，那就是人们不需要吃饭了，而这又不可能。哦，战争吗？不可能。地震吗？也不可能。瘟疫吗？更不可能。当然如果发生了战争、地震跟瘟疫，性命都保不住了，那就不必谈什么赚钱了。哦，那么就是发洪水了。发洪水也不要怕。这是大船，又不是汽车火车，水涨船高么，是不会被洪水冲走的。再说这条河发洪水的历史他是晓得的。多年来，也没有听说发过洪水。河流像个性格温顺的女人，年年月月安静地流淌着，没有暴躁，也没有咆哮。

然后涂真新毫不犹豫地签了字。

也是奇怪，一旦签了字，涂真新再看那些客人时，便明显地感觉到，那些结账的钱里也有他的一份了。

参股后，涂真新的底气很足了，也不再去想其他发财的路子了，老子就赌这一把。其实也用不着赌，至少不会有什么风险吧，昼夜有那么多的客人，米米都是哗啦啦地流进口袋里了。

现在每到星期天，涂真新有了一种悠闲，喜欢到县城看看船上的生意。甚至还叫黄土高原去看过两回。当然他一般都不上船，站在岸边远远地看着，像在欣赏自己一幅妙趣横生的杰作。岸边停着许多小车，吃客在木板桥上来来往往，他们充满着欲望而来，又心满意足地离开。涂真新很高兴，明白生意蛮不错。看一阵子，便满意地走了。有时他不来县城，便偶尔打电话给刘方，问问船上的生意。刘方说，放心吧，到年底你只管来拿红利吧，红利大大的有。又说，老同学，你如果还能借到钱，你放手借就是，我不会害你的，船上的生意你也看到的。现在我又开发了几个菜品，服务员的手脚都搞不赢嘞。

刘方的话让涂真新心里一动，所以他还想借钱。能多投入一点，红利便会更多，欠账就会还得快些。说实话，两座大山已经压得他透不过气来了，许多个夜晚，他被两座大山压得从梦中惊醒过来，浑身大汗。

涂真新急于想推翻两座大山，所以又去向古老板借钱。这一次他提了两瓶白酒，晓得古老板是喜欢喝几杯的。走到古老板店铺，古老板问他船上的生意如何，涂真新把酒放在桌子上，高兴地说，好得很，不是小好，而是大好。搓搓双手，再次提出借钱的事情。

古老板说，哎呀，蛮遗憾的，涂老师，我手里的钱都投资红砖厂了。

涂真新虽然没有借到钱，也没有怪怨古老板。人家也是够意思的了，你却一而再地借钱，便没有什么意思了。

现在涂真新除了教书，心里装的是两件大事，一是估算年底分红有多少，二是加紧给黄土高原装窑。

8

其实涂真新间常去县城，曾经碰到过张老师。

张老师比以前显得成熟多了，还戴着金丝眼镜，很有作家的派头。张老师高兴地问涂真新是否还在搞写作，他摇摇头，不屑地说，哼，搞什么写作？底气很足样的，明显地流露出了老板的样子。他想，老子现在不说是个老板，至少也是个股东吧。他很想对张老师说船上的生意，说自己参了股，那个钱不是写作能比的，又担心刺激她，便把话压在肚子里。

张老师希望他问问自己的创作情况，看到涂真新丝毫没有这个意思，所以便想邀他去家里坐坐。张老师还说，她已经结了婚，男人在文化馆搞美术。涂真新哦哦地应着，显得很忙的样子，便说，这次就不去了吧，我的确很忙。

分手后，望着张老师的背影，涂真新冷冷地说，哼，蠢宝，还搞什么写作。

越是接近年底，涂真新便越是激动。有时居然连觉也睡不落，他实在是太兴奋了。黄土高原半夜起来解溲，看到他还在抽烟喝茶，拿着算盘噼里啪啦地拨打，打出一片黑色的清脆的欢乐，便说，哎，你莫不是有神经官能症了吧，怎么还不睡觉？

涂真新也不见怪，嘿嘿地笑着说，你说我怎么睡得落呢？婆娘，大把的票子就要流进我涂家了，婆娘，如果还睡得落，那真是怪事嘞，婆娘。

涂真新的嘴巴很稳，在船上参股的事情没有透露给老师们。他要给他们一个极大的惊喜，他需要那种翻身得解放的感觉。来县五中多年，涂真新一直没有抬起过头，不是养殖失败，就是崽死去，还背上那么多债务。所以他从来也没有过喜悦，只有忧郁和痛苦。现在当然就不一样了，涂真新已经看到了胜利的曙光，看到了甩掉两座大山的希望。每当他看到那些借钱给他的老师，就把握十足地说，李老师哎，你那笔钱年底会还你的。或是，刘老师哎，你放心，你那笔钱年底还你嘞。诸如此类的话，不晓得重复过多少遍。

老师们问，涂老师，你在炒股吧？

涂真新笑着说，炒什么股。又赶紧捂住嘴巴，差点把参股的秘密说出来了。

其实老师们背着他议论过的，看来涂老师的名堂蛮多，以前搞养殖失败，现在他好像又是胜券在握，所以就在猜测他在搞什么鬼。有人说，他肯定在搞什么投资吧？问题是他没有本钱投资呀。有人说，他肯定又在别的地方，搞养殖的老本行吧。却又没有看到他有什么动作，他几乎天天在学校里。有人甚至猜测，他是在偷偷地卖白粉吧。当然猜测他在卖白粉，已被老师们轻易地推翻了。

总之，没有人猜得出来，也就没有人再猜了，反正他能还钱就是好事。

涂真新的精神面貌跟以前也大不一样了，他甚至在校长面前也傲气起来，一副要齿不齿的样子。这个校长曾经批评过他多次，说他的教学态度不端正。哼，他娘的，等到老子赚到钱，老子就请他喝酒，叫他要高看老子一等，不要老是狗眼看人低。所以他半玩笑半认真地说，校长，明年你要搞个教研组长给我当当嘞。校长惊讶地说，凭什么呀？涂真新笑了笑，没有生气，说，到时候你自然会请我当的。校长觉得他有点奇怪，便问别的老师，涂真新的脑壳是不是有毛病了。别的老师还是很客观地说，那我们还是看不出来。

时间过得飞快，一眨眼便到了年底。

那几天涂真新几乎天天打刘方的电话，激动地问，老同学，准备分红了吧。还说，他时时刻刻都在盼着这胜利的一天，简直像在打仗样的。刘方说，莫性急啰，到时候我会打电话给你的啰。所以涂真新又天天盼着刘方的电话。电话在办公室，他竟然守着不动，生怕没有接到刘方的电话。甚至连解手也是拔腿朝茅厕飞跑。当然盼到极致时，涂真新还是起了疑心。他娘的，刘方不是跟我开玩笑的吧？不是想独吞吧？如果是这样，老子便会彻底地栽在他手里。

涂真新还跟黄土高原说了此事，要婆娘也帮着分析分析。他吃饭也说，他睡觉也说，甚至夫妻在亲热时，他突然停下来问女人，这个刘方不知是怎么搞的，应该要来电话了吧？所以搞得黄土高原很扫兴，干脆把他一推，烦躁地说，那你跟红利睡觉去吧。

有一天，刘方的电话终于响起来了。

涂真新一听，跳了起来，万分高兴地说，老同学，你这个家伙终于来电话了，哈哈，是叫我马上来吧？

对方却没有丝毫高兴的味道，声音低沉地说，你快来吧，我在岸边等你。

当时涂真新在吃饭。电话一放，饭也不吃了，从办公室出来立即走人。当然他还是有点怀疑，刘方的声音有点不对头。按说分红应该高兴呀，有钱进了，他不应该像家里死了人一样的吧，或像家人生病一样的吧。哦，大约是人家看钱看得多了，无所谓了吧，不然是无法解释的。

涂真新兴冲冲地来到县城河边，远远地，便看到那条大船竟然变了颜色。黑乎乎的，只剩下一个空架子。涂真新突然意识到什么，一声大叫，我的娘啊——

涂真新一边哭着，一边往河边走，看到刘方又大叫，我的娘啊——

刘方身边站着一大堆人，都沉默不语。刘方阴着脸说，唉，只怪我们的运气不好，昨晚上一把火就烧掉了，幸亏没有死人，不然我们就不是站在这里了。

刘方叹息说，老同学，这都怪我，不该拉你参股。我损失了没有什么，你就背不起了。话语中含有许多愧意。

涂真新抹抹泪水，没有问起火的具体细节。他认为即使问也没有意义，小心地说，那……是否有点赔偿？

刘方说，哪个赔？鬼赔？

又沉重地说，老同学，我跟你签合同时，是写了那一条的。

涂真新这下才明白，他是说风险同担。这么说来，自己已是血本无归。这时他感到一种巨大的恐慌和害怕。月月盼，天天盼，谁知盼来的却是一场空，就像《红楼梦》里说的"哭到泪水流尽，落了片白茫茫大地真干净"。涂真新浑身颤抖，哭丧着脸，明显地感到又有一座大山向他压下来。所以他简直透不出气来，张开嘴巴，呼吸困难。

刘方看他一眼，说，老同学，你要跟我挺住嘞，投资是有风险的。

他默默无语，睁大眼睛，惊恐地望着那条大船。

大船已经没有往日的热闹和风采了，黑乎乎的，像条巨大的没有皮肉的鲸鱼，只落下了一个空架子，像被戳了许多不规则的大洞，显得无比凄惨。河面上是片黑色油腻的漂浮物。阳光很好，寒风吹来，仿佛还飘逸出烧焦的气味。河边上许多人在指指点点，有人叹息，有人却流露出幸灾乐祸的意味。

都结束了。刘方喃喃地说。

都结束了。涂真新也喃喃地说。

当然涂真新还是有点责怪刘方，如果听他的话早点分红，自己如果连本带利地拿回来了，那么即使是后来大船起火，也不关他的事。涂真新到底忍不住，便把这个意思说了出来，责怪刘方迟迟不肯分红。

刘方好像已元气大伤，嗓音低沉地说，我也想不到。再说即使分红，也要等到合同上规定的时间。

刘方沉重地拍了拍涂真新的肩膀，叫他吃了饭再回去。涂真新摇摇头，已经没有心思吃饭了。刘方又说，就是死了人，也要吃饭吧？涂真新又摇摇头，转过身子往回走，走几步，又反转身子，说，这比起死人来还要让我悲伤痛苦。

　　涂真新全身无力，一脚重一脚轻地行走着，仿佛天旋地转。太阳像在不断地晃动着，似有一只巨大的手在操纵着它。穿过街巷时，涂真新的身子晃了晃，差点跌进宽大的水沟里。他娘的，本来期盼大船能乘长风破万里浪，给他带来些财源，然后一举推翻压在头上的两座大山。却没有料到，大船却给他又运来了一座沉重的大山。

　　想着，想着，泪水又涌了出来。

　　涂真新的情绪简直落到了冰点，回到学校看到老师也不打招呼。回到家里也不说话，一头倒在床上。

　　黄土高原看到男人这副样子，心想，不对头呀，肯定是没有分红。分了红，他不会是这个鬼样子的。她急忙伸手推着男人，说，你说话呀。

　　涂真新终于说话了，忧伤地说，纸船明蜡照天烧。

　　黄土高原说，什么意思？

　　涂真新哭丧着脸，说，船被大火烧掉了——

　　黄土高原一听，呜呜地哭起来，说，哎呀，你也太背时了吧，我怎么嫁给你这个背时鬼呢？哭一阵，抹一把泪水。又怀疑地说，哎，莫不是刘方故意放的火吧？

　　涂真新一震，说，他为什么要故意？

黄土高原说，这条船肯定不是你一个人参股，所以等到他赚得个钵满盆满时，就叫人偷偷地放火烧掉。这样，股东们都没有屁放。因为在那个合同上，明明写上风险同担的。

涂真新一翻而起，怔怔地看着婆娘，疑惑地说，不可能吧？不可能吧？难道他会害我吗？害我这个头上压了两座大山的人吗？

黄土高原说，无商不奸。

涂真新虽然有些怀疑，终究还是不便去问个明白，万一刘方不是这样的人，那就冤枉他了。

现在涂真新想得更多的是，怎么向古老板交代。自己不仅没有赚到钱，反而把股本也亏掉了。如果不对他说吧，似乎又说不过去。人家好心借钱给你，等着你还钱的。现在倒好，一分钱都没有了。涂真新明白，这一关是绝对躲不过去的。

过几天，涂真新便硬着头皮去见古老板，哭丧着脸说，古老板，前几天船在夜晚烧掉了。

古老板一听，沉下脸，没有说话，连茶也没有泡，心想，我怎么碰到了这个背时鬼？

涂真新从口袋摸出小本子，说，古老板，你放心吧，我借你的钱，虽然没有打借条，我都记到的嘞，我一定会还你的。

他觉得再坐下去没有什么意思了，然后便匆匆地走出来。

古老板望着他的背影，冷冷地哼一声，自言自语地说，你拿什么还我？拿卵子还吗？

老师们都不晓得涂真新这次是血本无归，也不见他说起还钱的事情，人像一条蔫黄瓜，所以都关心地问道，涂老师，是不是病了？有病还是要去看嘞。

涂真新摇摇头，拖着腿慢慢地走过去。地上阳光把他变成长长的一条。

老师们觉得很奇怪，议论说，涂老师这是怎么搞的呀，前几天还是高高兴兴的，还说要还钱给我们的，怎么一下子就蔫了呢？也不说还钱的事情了呢？

有人说，肯定是他又陷入了新的困境吧，只是他不愿意说罢了。他欠我们的钱，看来暂时是没有什么希望了。

校长却不顾涂真新低落的情绪，又找他谈话，说，上头已经决定了，明年开学你跟黄老师都要调动一下。

涂真新淡然地说，调到哪里？总不能不让我们教书吧？

校长说，书还是要教的，你们夫妻到双木镇中学去吧。

9

这次过年，是涂真新最难过的。

以前过年，不论怎么困难，夫妻都要回家看看爷娘。这次已是阴历腊月二十九了，涂真新还没有动静，每天睡在床上，像个瘫子。枕头边放着记载欠款的小本子。小本子已跟随他多年，上面密密麻麻的名字和欠款，像刀子般割着他的心脏。这个小本子从来没有记录过一笔进账。有时涂真新真想烧掉它，烧掉这本让他感到耻辱的历史账。如果烧掉它，三座大山便能搬掉了，那么他会毫不犹豫地烧掉。问题是如果烧掉它，那些欠款还是存在，那些耻辱也不会消失。所以他把这些年的种种遭遇，都归咎于自己的命运，归咎于那把让他人生发生重大转折的鸟铳。

他娘的，如果不是它在作祟，我也不会落到这步田地。

黄土高原也没有指责他，明白他心里很难受。问题是要过年了，给不给爷娘拜年呢？

其实涂真新何尝不想看看爷娘，却又没有勇气回家。这些年来，自己不仅没有实现从农村包围城市的三步跨越的宏伟计划，不仅没有给爷娘带来更多的惊喜，不仅没有给两个妹妹以更多的帮助，反而像孙悟空一样，被压在了五指山下，苟延残喘，伤痕累累。他没有脸去见爷娘，他让爷娘寄予他的许多希望都落空了，所以他对自己也没有了什么信心。

黄土高原催促他是否回去过年，涂真新说，你打个电话吧，只说我们到东莞的同学那里过年去了。

大年三十夜晚，涂真新夫妻默默地坐在火炉边，家里一点过年的气氛都没有，十分沉闷，也很压抑。老师们都回去看爷娘了，校园里更是显得冷落。他家的门楣上居然连对联也没有贴。在往年，无论如何，涂真新还是要亲自写副对联的，还是要买几挂炮仗放放的。

今年呢，他一点兴趣都没有了。

晚上涂真新和黄土高原草草地吃罢饭，然后他不断地抽烟，眼珠子老是看着墙壁上的挂钟，好像挂钟上在走动着来年的希望。黄土高原没有说话，明白他情绪低落，便独自在看电视。

当新年的钟声快要敲响时，涂真新终于起身了，从墙壁上取下那把鸟铳，打开门，独自往外面走去。黄土高原吓住了，以为他要去报复刘方，或是自尽，便急忙扯住他，你要做什么？

涂真新没有说话，默默而有力地把女人的手甩开，继续朝外面走。

黄土高原不放心，悄悄地跟上去。

其实涂真新没有走多远，然后在一块大石头跟前停下来。

这时只见他抡起鸟铳，疯狂地朝石头上磕去——

砰，砰，砰。

砰砰砰。

当他透着粗气返回时，新年的钟声敲响了。

10

秋天的时候，吴向明突然接到涂真新的电话。

涂真新兴奋地说，向明哎，我现在手里有五千块钱了，我想来长沙搞个麻辣烫，对，就搞个小店子，你说好不好？有你们同学在，我不怕没有生意。哦，上课的事情你不要操心，我叫我婆娘代课就是，嘿嘿，我们乡里都是这样搞的。

吴向明心想，即使你能来长沙，这些同学谁也不会去吃麻辣烫，那些东西邋遢死了。再说万一他亏本了，自己也担当不起，至少是你鼓动他来的。所以吴向明说，油豆腐，你五千块钱没有什么用，你千万不要来，只怕会血本无归嘞。

　　涂真新听罢，便再没有说要来长沙了。

　　很久很久，也没有他的电话。

　　谁也猜测不出，这个油豆腐又在准备实施一项什么重大计划。